U0501580

【 名 家 诗 歌 典 藏 】

叶芝诗精选

〔爱尔兰〕叶 芝 著

〔美〕裘小龙 译

长江出版传媒 长江文艺出版社

图书在版编目（CIP）数据

叶芝诗精选 /(爱尔兰) 叶芝著；（美）裘小龙译
-- 武汉：长江文艺出版社， 2022.4
（名家诗歌典藏）
ISBN 978-7-5702-2439-5

Ⅰ. ①叶… Ⅱ. ①叶… ②裘… Ⅲ. ①诗集－爱尔兰
－现代 Ⅳ. ①I562.25

中国版本图书馆 CIP 数据核字(2021)第 221469 号

叶芝诗精选
YEZHI SHI JINGXUAN

责任编辑：龚卫华　　　　　　　责任校对：毛　娟
封面设计：颜森设计　　　　　　责任印制：邱　莉　　王光兴

出版：长江出版传媒　长江文艺出版社
地址：武汉市雄楚大街 268 号　　邮编：430070
发行：长江文艺出版社
http://www.cjlap.com
印刷：湖北新华印务有限公司

开本：880 毫米×1230 毫米　　1/32　　印张：7　　插页：8 页
版次：2022 年 4 月第 1 版　　　2022 年 4 月第 1 次印刷
行数：4233 行

定价：38.00 元

版权所有，盗版必究（举报电话：027—87679308　　87679310）
（图书出现印装问题，本社负责调换）

| 目 录 |

·译本前言·
"把诅咒变成葡萄园"的诗歌耕耘[①]

裘小龙

　　威廉·勃特勒·叶芝（1856—1939），爱尔兰现代著名诗人，1923年度诺贝尔文学奖获得者。叶芝对我国广大读者来说，虽然算不上太陌生，却依然被了解得不够深入。因为要了解一个伟大的诗人，尤其像叶芝这样的诗人，既充满了种种矛盾，又在漫长的创作生涯中写出了不乏有机整体性的作品，就需要从相对来说的整体视角上来认识他的作品。叶芝自己作过一个比喻，作品就像一棵树那样成长、发展，根还是同一的根，但花与叶会呈现种种变化。

　　要了解叶芝的作品，我们得首先了解他的生平与作品之间的复杂关系。在用英语写作的现代诗人中，叶芝大约是从他富有戏剧性的个人经历中挖掘得最多、最成功的。然而，他又迥然不同于十九世纪的浪漫主义诗人；如果说浪漫主义诗人的特点之一就是围绕着"自我"抒情，叶芝的自我抒情却充满了现

----

① 语出英国现代著名诗人奥登（1907—1973）诗：《怀念叶芝》。

代意识和感性。他为诗中的自我戴上了不同的"面具"——这在后来被称为"面具理论";他同时又把自我和周围的一切染上了一层层神秘甚至神话色彩,仿佛形成了内在的底蕴。作为后期象征主义的一个代表人物,他那一套独特的象征主义体系也使他的自我内涵大大丰富、复杂了。因此,需要从这"有机整体"中个人化与非个人化层面来把握他的生平与作品。

叶芝出生于都柏林的一个中产阶级家庭。他父亲是拉斐尔前派的画家,喜欢把自己对文学艺术的一些独到见解灌输给儿子。童年时代的叶芝是幸福的,常常随着家人去爱尔兰北部的斯莱哥乡间度假。当地迷人的风光,朴实又粗犷的农民,尤其是那种种广为流传的民间传说,在叶芝幼小的心灵上激起了阵阵火花。还在很早的时候,他就对爱尔兰乡间盛行的神秘主义产生了兴趣。1884年,叶芝进了艺术学院,但不久就违背父亲的愿望,抛弃了画布和油彩,径自一心一意地写起诗来了。他的处女作发表在《都柏林大学杂志》上,诗中清新的词句,特别是爱尔兰乡间特有的神话意识,开始引起人们的注意。

1887年,叶芝全家迁居伦敦。他结识了唯美主义作家王尔德和摩利斯等人,受到他们风格的感染,加入了诗人俱乐部。同时,他参加了当时著名的神秘主义者巴拉弗斯基夫人的一个"接神论"团体,还在这方面作了一些实验,写了一部题为《神话和民间故事》的著作。

1889年,叶芝与美丽的女演员茅德·冈相遇。关于他第一次见到茅德·冈时的情形,他后来曾这样写过,"她伫立窗畔,身旁盛开着一大团苹果花;她光彩夺目,仿佛自身就是洒满了阳光的花瓣。"她不仅苗条动人，还是十九、二十世纪之交爱尔兰争取民族自治运动的领导人之一；这在诗人的心目中自然平添了一轮特殊的政治理想光晕。他在《当你老了》诗中赞美她"有着朝圣者的灵魂"，"朝圣"指的就是她所争取的民族自治运动事业。他对茅德·冈是一见钟情，更一往情深，但她却一再拒绝了他的求婚。他对她的一番痴情始终得不到回报，"真像是奉献给了帽商橱窗里的模特儿"。她在1903年嫁给了爱尔兰军官麦克布莱德少校，这场婚姻后来颇有波折，甚至出现了很大的问题，可她十分固执，甚至在自己的婚事完全失意时，依然拒绝了叶芝的追求。尽管如此，叶芝对她抱有终身不渝的爱慕，他一生的很长一段时间里也就充满了难以排解的痛苦。

不过，对于诗人来说，一次不幸的爱情并不意味着诗歌创作的不幸。按照著名心理学家荣格的说法，诗人往往在他的无意识中需要这种不幸来写出深沉的诗篇。痛苦出诗歌，这样的例子屡见不鲜。在数十年的时光里，茅德·冈不断地激发起叶芝的灵感；有时是激情的爱恋，有时是绝望的怨恨，更多的时候是爱和恨之间复杂的张力。叶芝摆脱不了她，从叶芝最初到最后的诗集里，都可以看到她在叶芝心目中的不同映照。

而且，叶芝也或多或少是在她的影响下，进一步参加了爱尔兰的政治斗争。爱尔兰争取民族独立的运动在当时是个比较复杂的历史现象，人们对此持有不同的理解和态度。像茅德·冈这样激进的民族主义者主张通过暴力、流血的斗争来实现他们心目中的理想。只是手段和目的常常难以统一，他们采取的行动有时也导致了相反的结果。叶芝对此颇不以为然，但他后来又觉得，这些民族主义者的抗争为爱尔兰带来了英雄主义的气氛，达到了崇高的悲剧精神。这种矛盾的态度在叶芝的诗作中有充分的反映。在他自己看来，更重要的却是通过作品来唤醒人民的民族历史意识，他事实上也是更多地用他的作品参加了这场斗争。这个时期，他的作品中出现了更远大、壮丽的地平线。

1894年，叶芝遇见奥莉维亚·莎士比亚夫人，这也是对他的生活产生了重大影响的女人。奥莉维亚长得十分妩媚，赋有一种古典美，她与叶芝很快就发展起炽热的激情。叶芝在这段日子的抒情诗中有不少大胆、直露的描写，在很大程度上也可说是他们关系的折射。奥莉维亚曾考虑与叶芝结合，后因故未能如愿，但他们还是一直保持真挚的友谊。

1896年，在叶芝的生活道路上又出现了一个对他具有重要意义的女友，剧作家格雷戈里夫人。如果说茅德·冈给叶芝提供了创作的素材和激情，奥莉维亚·莎士比亚夫人给了叶芝生活中的温柔和宁静，格雷戈里夫人则为叶芝成为一个大诗人创造了写作和生活的条件。出身贵族的格雷戈里夫人，赋有一种为贵族社会中的上层人士充当艺术保护人的责任感。她发现叶芝才华横溢，于是充当起了保护人的角色。她在爱尔兰西部拥有一座庄园（即叶芝诗中频频提到的柯尔庄园），她请叶芝到那里度假，使他能在那里安心从事创作，并让他接触到贵族社交活动，扩大、丰富了他的生活圈子。此外，她还慷慨地给了叶芝经济援助，使叶芝不用像其他诗人那样靠卖文度日。叶芝后来满怀感激之情地说过："对于我，她是母亲、姐妹、兄弟、朋友；没有她，我就无法认识这个世界——她为我动摇的思想带来一种坚定的高尚性。"另一方面，格雷戈里夫人的影响反过来也加深了叶芝带有贵族主义色彩的保守观点。柯尔庄园成了一种有着无比美好的过去，但此刻就要消逝的存在的象征。甚至在叶芝后来围绕拜占庭主题写成的一些诗里，也因此流露出了对在贵族社会统治下的艺术家生活的留恋。

1904 年，叶芝、格雷戈里、沁孤等人一起创办了阿贝剧院，叶芝任经理，并为剧院写了许多关于爱尔兰历史和农民生活的戏剧。在这些戏里，有不少用诗体写成的"歌"，颇有独特的韵味，后来也被收进了诗集。同一时期他还写了一些明快、优秀的诗篇。在他看来，这是唤起爱尔兰民族意识，从而赢得民族自治的重要途径。叶芝和他友人的这些创作活动，后来被称为"爱尔兰文艺复兴"，成了爱尔兰文学史上的重要一页。

从 1912 年到 1916 年，当时尚未成名的美国现代派诗人艾兹拉·庞德断断续续地为叶芝担任助手工作。现代派正在西方诗坛崛起，庞德是现代主义诗歌的一个狂热鼓吹者。据批评家的说法，庞德使叶芝的创作实践更接近了现代派的倾向。不过，叶芝自己对此也是一直在摸索之中，他汇入现代派这股潮流，接着成了中坚人物，其实是必然要走出的一步。

叶芝在 1917 年转而向茅德·冈的养女伊莎尔特莎·冈求婚，遭拒绝，翌年娶乔治·海德·利斯为妻。婚后，叶芝在离庄园不远的地方买下了一座倾颓的古塔，把它修复后，携带妻子住了进去。黯黑而浪漫的古塔，在他诗意的想象中，与其说是一处栖身之所，还不如说是一个象征。残破的塔顶仿佛象征他的时代和自己的遭际，塔的本身却体现着往昔的传统和精华。诗人攀上塔内的旋梯，从塔顶上向下俯瞰，沉思冥想，写了不少以塔为主体象征的诗。

1921年，爱尔兰获得了自治领地位，叶芝出任自治领参议员，合家搬到都柏林居住。1923年他获诺贝尔文学奖，在斯德哥尔摩受到了人们的热情欢迎；他在获奖答辞中谦虚地将自己的成就说成是爱尔兰作家集体努力的结果，并再次提到了一些神秘主义诗人对他的影响。晚年的叶芝虽然得参加种种社会活动，但创作始终不衰，写出了最为成熟的作品。他这时已成了英国诗坛上的执牛耳者，与现代派诗人有着更广泛的接触，还主编了《现代牛津英国诗选》。现代派诗歌在二十世纪二三十年代获得了长足进展，叶芝在现代派诗人中也越来越多地显示出了一种独特的影响。

从1931年起，他的健康状况开始渐渐衰退，不过他仍坚持写作，出了几本诗文集子。1938年初，他因腺瘤动了一次手术，可他在作品中反而更迸发出一股激情，甚至是浪漫主义激情的火焰，"当我奄奄一息时，我还会躺在床上想着我青春岁月中虚度的夜晚。"

在最后的那些日子里，故人星散了，诗人自己也快走到了生命的尽头，他回首往事，感慨万端。作为一个真正的诗人，他对自己是怀疑的、不满的，"我寻找一个主题，但总是徒劳。"在他的一生中，又有多少是自己想做而确实做成的呢？他的激情在思考中凝聚着，升华成一首首深刻的诗。1939年初他病逝，在最后的一封信中他写道："人们能体现真理但不能认识真理……抽象之物不是生命，处处都存在矛盾。"他的诗，却绝非什么抽象之物，而是充满了强盛的生命力，留在了他的身后。

国外的评论家常把叶芝的诗歌创作分成四个阶段，这四个阶段的变化都与他个人经历有间接或直接的关系，可以结合起来看，但我认为，更主要的还应该结合着诗人意识和诗学形式上的变化来看。

叶芝开始他的创作时，统治英国诗坛的仍是维多利亚时代的后期浪漫主义。诗人雪莱和布莱克等都对叶芝产生过影响。但到了十九世纪末，盛极一时的浪漫主义在英国已成了强弩之末，随着社会危机的进一步深化、恶化，那种仅仅强调直抒个人情怀的诗篇，显然无法对时代面临的种种复杂问题作出有力的回答。在内容上，这些诗往往只是风花雪月的俗套，或是言之无物，或是无病呻吟；在形式上，传统的抑扬格过分追求音韵的整齐，显得圆熟而无新意，而在字面和格律上过分雕琢的要求，也给诗写作带来了很大的局限性。叶芝初期的作品多少也有这方面的不足。不过，他的作品由于大多取材于斯莱哥乡间的生活经验，从而获得了一种独特的逼真、清新的色彩。如《茵尼斯弗利岛》一诗，就常被人认为是叶芝最富浪漫主义情调的代表作，但诗中出现的一些意象却具体、硬朗，不同于当时流行的空洞陈腐的诗风，没有局限在写烂了的那一套上，反而充满着民间文学中质朴的生气。在作品里有时也会出现一种逃离现实的倾向，这也可以理解，毕竟，爱尔兰面临的众多难题令人沮丧，个人生活中的挫折使他绝望。在稍后一段时间里，唯美主义诗风同样对他产生了消极的影响。传统的"欢乐的英格兰"无法再作二十世纪田园诗的背景了，诗人只能怀着梦似的憧憬去找远离尘嚣的乌有乡。不过，叶芝转向了爱尔兰民间的神话传说去寻找出路，这在一方面突破了时间的局限性，让凝聚着人类几千年共同经验的神话同时凸现着古今的共同性和不同性；也使诗有了庄严的历史感和集体无意识深度。不少作品的力量正是来源于民族心理淀积。《谁和费古斯同去》就是这样一篇成功地运用神话原型抒情的代表作。诗人对于理想世界的渴望，在神话传说中的一个人物身上得到了折射，古代的人与现代的人有着本质上相同的向往，体现了爱尔兰民族始终坚持着的"形而上"的追求。乔伊斯《尤利西斯》中的斯蒂芬，一想到母亲就想到这首诗，从这一个例子中亦可以看到诗在爱尔兰民族心理结构深处中所引起的共鸣。叶芝歌唱神话传说中的英雄，固然主要是为了用过去的光辉幻象照亮现时的不幸，有些诗却因此蒙上一层薄薄的神秘主义面纱。总的说来，这一时期的神秘主义成分在诗中所占的比例还是较小的。

1899 年他来到都柏林。爱尔兰民族自治运动的高涨，为他诗歌创作激发起了新的激情。在形式上，他开始追求一种雄浑有力、自然奔放的风格，为自己的诗在各个不同阶层都赢得了读者。他的语言一反当时流行的后期浪漫主义诗的雕琢和浮华，把十分流畅、清晰、富有活生生表现力的口语写进诗里。虽然诗体大多还是沿用传统的格律形式，却是别出心裁地旧瓶装新酒，成功地反映了现代社会的种种复杂经验。这段时间里很重要的一点是他的"面具理论"的实践。叶芝写了大量似乎是从第三者角度抒情的抒情诗；这些第三者的形象与叶芝本人迥异——有乞丐、小丑、姑娘、老人，甚至拟人化的玩偶，等等。在以单一角度的自我抒情为主的浪漫主义诗歌中，从第三者（即某一个"他"）角度作出的抒情偶尔也是有的。叶芝诗中的第三者，却并不是叶芝观察的一个外在的对象，而是叶芝的第二自我、第三自我，或者说"准自我"。说得简单一些，叶芝融入了这些对象；叶芝成了乞丐，成了小丑，成了粗汉。这些第三者形象的所说所作所思，正是叶芝处于这些人的地位时会说会作会思的。叶芝仿佛戴起了角色面具，在面具后抒情。诗中依然有诗人的声音，但诗人的声音和面具的声音形成复调，反映了内心的矛盾性和丰富性。作品不再是单声部的，而是多声部的。按照现代心理学的研究，人们在面对父母、师长、雇主、情人等不同的对象时，其实也会进入截然不同的心理状态，几乎像是换了一个人，戴上了假面具似的。这样的例子在人们日常生活中其实并不少见。但是，到底哪一种"面具"是人真正的自我呢？似乎很难说。现当代心理学家还认为，如果一个人真正认为自己是另一个人，他或许可以发掘出他性格潜在的、却被忽视了的另一面。现代派作家对人的几重性格的发掘研究，更汇入到叶芝这一探索之中。对于渴望着新经验的诗人来说，这自然也更使面具理论趣味盎然了。

《乞丐对着乞丐喊》就可以作一个例子。诗中的说话者是一个老乞丐，自然无法与叶芝画等号，但乞丐却用辛辣的语言吐出了叶芝自己所说不出口的一些想法。这些想法也许在叶芝脑海深处或者潜意识中闪过，但作为一个成名的诗人，他却无法直接写进作品。戴上面具后，真正融入乞丐的本体，许多先前不曾有过的思想、感受甚至经验，也都逼真地涌上笔端，更从另一角度反映了心灵的丰富性，扩大了诗的表现领域。

同时，叶芝还把这些"面具"人物放到充满戏剧性的处境中——或是一场争吵，或是一次约会；而在这种戏剧性处境中的一个甚至两个、三个人物都可能是叶芝的一部分自我，这就使作品具有更生动的深刻性。《英雄、姑娘和傻瓜》里三个人物处于一场"形而上"的争吵中。他们各自显露真实性格，不同的自我被刻画得淋漓尽致；傻瓜在一旁发感想，有一种痛苦的幽默感，颇有莎士比亚戏剧中丑角的意味。有时这种丑角其实也是叶芝自我嘲讽、自我拆台的那一部分人格。无疑，诗很难离开抒情主体即自我，但经过了这样的"面具"处理，多少达到了主客观之间的平衡，增添了充满张力的强度。

叶芝自己说过，他的作品的特点是发出了"个人的（独特的）声音"，但他又认识到，仅仅是晚期浪漫主义那种个人的声音无法构成作品的有机整体。在他早期的创作实践中，他还发现沉溺于自己"个人的声音"有着变为"个人的伤感"的危险。这样，诗就不会去反映现实世界，而是陷入各种各样的自我怜悯和自我陶醉。"个人化"成了"个人诗"，只是让诗的表现领域越来越狭隘。在二十世纪初，由于人的异化危机加剧，诗人（个人）作为宇宙中心的浪漫主义概念的幻灭，"个人化"的诗也确实很难写得好。另一个较叶芝稍晚的著名诗人艾略特，同样主张"非个人化"的理论。虽然艾略特更强调这样一点：诗不是诗人个性的直接流露，而是不带个人感情色彩的技巧追求。但是叶芝与艾略特在反对个人直接抒情上异曲同工，叶芝关于

"面具"的一些想法与写法对以后的诗人也产生了影响。

1918 年左右，叶芝诗中的象征主义技巧有了长足进展。从广义上说，象征作为一种创作技巧早已有之，但在现代派诗歌发展史中，象征主义是最早崛起的有宣言、有理论的一个流派，也是最重要、最有收获的一个阶段。在具体的创作实践中，象征主义诗人几乎每个人都有自己独特的主张与写法；叶芝同样也创建了他自己的一套象征主义体系。他的散文著作《幻象》对此作了专门的阐述。在他的一些作品中，月亮的运动和盈亏成了一个十分重要的总象征：月明、月暗、月圆、月残，都体现了叶芝向往的变化中的统一。简单地说，叶芝的象征也就是围绕着主观和客观、变和不变的辩证关系展开的。这在叶芝看来，简直是贯通天人，奥妙无穷，可以用来解释世界的历史和人类的命运。从真正的哲学意义上说，这种象征主义体系不免有幼稚的地方，但它满足了他艺术创作的需要。在他这一时期的作品中，经常出现的是旋转的楼梯（或轮子）和倾颓的塔尖（或屋顶）。旋转多少带有螺旋式上升、否定之否定的内涵，塔尖则往往意味着残破的现代，然而废墟上也会出现新生的理念。他那带有贵族色彩的唯心史观，使他在塔尖上是往后看的，因此拜占庭成了叶芝想象中艺术家的乐园。与此同时，他的象征主义体系又掺进了不少神秘主义的东西。在《幻象》中，他还画过两个交叉在一起的圆锥形图案，一边是"阳"，旁边注着"空间、道德、客观"；一边是"阴"，旁边注着"美感、时间、主观"。它们代表了每个个人、每个国家，每个时代中的矛盾的成分，两者都是存在的、互相转化而又受到空间和时间影响、决定。叶芝把什么东西都囊括进去，仿佛冥冥之中先验地有着这样的图案，一切都有了注定的开始和结局。

《丽达和天鹅》就是一首体现了叶芝独特的象征主义的名诗。按照叶芝神秘的象征主义体系，历史每一循环是两千年，每一循环都是由一位姑娘和一只鸟儿的结合开始的。我们公元开始的两千年是由玛丽和白鸽（即圣灵怀孕说）引出，而纪元前的那一循环则由丽达和天鹅的结合产生。在希腊神话中，众神之王朱诺变形为天鹅，使丽达怀孕了两个蛋，蛋中出现的是海伦和克莱斯特纳。海伦的私奔导致了特洛依战争，而克莱斯特纳和奸夫一起谋杀了阿伽门农。诗把丽达与天鹅的结合作为历史的开端来写，在"毛茸茸的光荣"和"松开的大腿"之后，却呈现了"燃烧的屋顶和塔巅"。批评家们对诗中丰富的象征内涵众说纷纭：有的认为叶芝的历史透视触及了人类历史最根本的因果问题，也有的提出这里涉及到了人性、兽性、神性等复杂关系所形成的一个整体史观。自然，将一首富有深度的诗局限于一种解释并不足取，也不一定要把它作为一种历史的解释来读，不同的读者自可有不同的理解。其他一些诗，如《第二次来临》等也都是从具体形象写起的，但因为有了象征感，也就有了一种独特的历史感。

叶芝晚期的作品有一部分恢复到简洁、豪放、粗犷的风格。一些组诗用民谣体写成，仿佛诗人真回到了斯莱哥乡间那些朴实的平民之中。较突出的是一组围绕似乎疯疯癫癫的乡下老婆子"疯简"写成的诗。也可以说，此时的叶芝是戴上一个"老傻瓜"面具了。在一个人有限的生涯中，怎样来最后看待"傻"

与"不傻"，或者说"对"与"不对"呢？这是晚年的诗人回首往事时所面临的问题。疯简的一些话似乎粗俗，但她是过来人，尤其在爱情上，她有自己独到的见解，知道爱情需要灵魂和肉体的统一。她老年的智慧更有一种酸苹果似的涩味，一些漫不经心的话里其实充满了深刻的反嘲。人生活在这样的社会里，激情总是会受挫的，然而人又不能少了激情，正像黑格尔所说过的那样，"没有激情一切都是完不成的"。疯简充满激情，又能嘲笑自己的激情，实际上达到了新的认识的高度。疯简这个形象包含了老年叶芝对生活的态度，一种既不同于浪漫派、也不完全等同于现代派的态度。

在他去世前两个月，在一首题为《在本布尔本山下》的诗里，叶芝写下了自己的墓志铭："向生活，向死亡/冷冷看上一眼，/骑士啊，向前。"诗篇充满激情，但又是包含在冷静的认识里的激情，这也正是叶芝在文学上不懈追求的一生的写照。

我们前面已谈到，叶芝从事诗歌创作的岁月，正值英国诗坛经历了沧桑变迁的年代——后期浪漫派、唯美派、象征派和现代派。叶芝在每个时期里都写出了优秀的作品，取得了独特的成就，这在现代英国文学史上可谓绝无仅有。

原因之一，可以说是叶芝兼收并蓄的创作实践，也可以说是开放性的创作实践。他从浪漫主义中走来，进入现代主义，却始终保持了浪漫主义的一些特色。他知识渊博，算得上一个学院派诗人，但他的作品一直带有民间文学的气息。他反对把艺术作为廉价的宣传品，可他自己却又为爱尔兰争取民族自治运动写出了辉煌的诗篇。难怪有的评论家至今惊讶于这样一个事实：作为现代主义的著名代表诗人，在现代主义业已退潮的今天却依然屹立着，令人赞叹、深思。

西方有些评论家因此把叶芝称为最大的、也是最后一个具有浪漫主义色彩的抒情诗人。之所以这样说，是因为在狭义的现代派诗歌中，传统概念上的"抒情"似乎成了一种格格不入的东西，甚至出现了"嘲抒情"和"反抒情"。法国著名作家马尔罗摹仿尼采"上帝死了"的说法，宣称"人死了"；意思是说，人在现代社会遇到异化危机，人已不是人了。第一次世界大战的残酷性和荒诞性，弗洛伊德学说中关于人无法理解自己潜意识中一切的说法，都使传统概念中的"人"动摇了；在浪漫主义幻想中作为"人类立法者"的诗人的地位也同样崩溃了。许多现代派诗人有意识地在否定的形式中看待一切"浪漫"的事物；按照这种形而上的探索，世界是如此荒诞、无人情、非理性。于是，诗人一味个人化的抒情，就显得肤浅和天真了。他们想当然的一个冲动反应就是用冷漠对冷漠，用荒诞对荒诞。现代西方社会中人性造成的扭曲和异化，也就这样在现代派诗歌中得到了某些深刻的反映，但又毕竟不是全面的反映。从历史的角度看，事物往往是螺旋式地发展的，有了一种否定，必将进入否定之否定。叶芝的独特性恰恰在于没有采取那种"见树不见林"的否定。他在爱尔兰人民的追求和斗争中看到了人类感情的更高向往，尽管这条道路充满挫折，但还是要走下去，不能在路旁永远耽于幻灭、冷嘲和绝望。人道主义的理想不仅仅需要从否定的形式（如现代派）中表现出来，也需要在肯定的形式中继续发展，因此也就应该存在这样的抒情作品。叶芝用抒情来维护个人内心中残剩的情感和尊严，尽管同时也对他所面临的种种问题用自己的声音作出了批判。于是，叶芝的抒情诗也就成了现代派反抒情倾向的一个必不可少的对立面。这有它的历史合理性。时代变了，人们的感受方式变了，抒情的方式更要变，变成一种更高形式的抒情。叶芝正是这样吸收和发展了现代派的某些技巧，为诗歌创作不断开拓出了新的领域。

当然，叶芝能这样做，还由于他自身的客观条件，也可以说是他的偶然性。当代苏格兰诗人绍利·麦克兰在题为《叶芝墓前》的诗里就写过这样的句子——"你得到了机会，威廉，/运用你语言的机会，/因为勇士和美人在你身旁竖起了旗杆。"这里的"英雄"指的是爱尔兰争取民族自治运动的志士仁人，"美人"则是茅德·冈。他们引导着叶芝投入当时正义的斗争，因此也就在这时代中获得了他为之奋斗的信念，而这种信念（旗杆），对大多数现代派诗人来说，却是可遇不可求的。爱尔兰争取民族自治运动的崇高性，使得爱尔兰的精神气氛不同于欧洲其他国家，用叶芝自己的话来说，也就是爱尔兰有着"英雄的悲剧"的高度，这对叶芝的创作无疑产生了积极的影响。自然，一个诗人的成功，并不在于他生活在一个什么样的时代，而在于他怎样把自己出生的时代中的际遇最成功地写入诗篇。

英国现代著名诗人奥登也写过一首题为《怀念叶芝》的诗，其中有两行这样写道："辛勤耕耘着诗歌/把诅咒变成了葡萄园。"这里，奥登是从叶芝遭遇的不幸方面来着墨的。实际情况也确实如此，叶芝一生中的"诅咒"，无论在个人生活或时代氛围中都可谓多矣，但他恰恰是从这一切中写出了辉煌的诗篇。

因此，正像瑞典皇家学院主席哈尔斯特龙在授予叶芝诺贝尔奖的授奖词中所说的那样："把这样一生的工作称为伟大，是一点不过分的。"

情　歌

我的爱，我们要走，我们要走，你和我，
要到那林子里去，把一滴滴露珠抖落；
要去看鲑鱼戏游，看黑鸦盘旋，
我的爱，我们将听见，我们将听见
牡鹿和牝鹿在远处互相唤叫，唤叫。
为我们婉转唱着的，还有枝头的小鸟，
那隐形的布谷，布谷的激情欢腾，
哦美丽的人儿，死亡决不会来临，
来到这遥远的、芳香满溢的树林。

悲哀的牧羊人

有一个人，"悲哀"把他称为伙伴，
而他，梦着他的知己"悲哀"，
沿着风急浪高的海边，缓步徘徊，
徘徊在那闪烁又塞窣的沙滩，
他大声叫着，要星星从黯淡的
王座上俯身给他安慰，可星星
依然暗自窃笑，一个劲儿地歌吟，
"悲哀"称为伙伴的人就高喊：
"灰暗的海洋，听听我最悲恸的故事！"
波涛向前卷去，发出古老的喊声，
在梦中翻腾，从一个山岭到一个山岭。
他，逃离了海洋的辉煌的追袭，
在一个遥远，温煦的山谷中停下，
把他的故事倾诉给露珠晶莹，
但露珠压根儿没管，只是在留神
倾听自己的露珠滴滴答答。
"悲哀"称为伙伴的人再一次
来到了海岸，找到一只贝壳，心想：
"我要把我沉重的故事讲一讲，

最后我自己的话回响着，将悲戚
送入一颗中空的，孕育着珍珠的心；
我的传说将会歌唱着我自己，
而我的低语也有安慰的情意，
看呵，我多年的负担将无影无踪。"
于是他在珠贝的边上温暖地歌唱，
但那独住在海边的伤心人
把他所有的歌变成了模糊的呻吟，
而她在发狂的旋转中，又将他遗忘。

印第安人给他情人的歌

晨曦下，梦着，梦着这座岛，
巨大的树梢，慢慢滴落着宁静；
平坦的草地上，母孔雀翩翩舞蹈，
树梢上，一只鹦鹉正摇晃不停，
怒斥着海中自身的倒影。

这里，我们要停下孤零零的船，
手握着手，向前漫游，款步依依，
唇贴着唇，温柔体贴，低语喃喃；
我们走过沙滩，我们走过草地，
絮絮说，那不平静的土地有多远。

我们可真是远离尘嚣的人，
隐藏在静谧的、叉开的树枝下，
我们的爱情成长为一颗印第安星，
一颗燃烧着的心的陨石啊，
随着潮汐熠熠，翅膀闪烁、飞腾。

沉重的枝头，光彩夺目的鸽子啾啾，

一百天，长长的叹息和呻吟：
我们死后，影子又将怎样漫游——①
黄昏，海水昏昏欲睡地灿烂，朦胧的
足音使飞禽出没的小径宁静。

---

① 在爱尔兰传说中，人死后影子在大地上漫游。

偷走的孩子^①

乱石嶙峋中，史留斯树林高地的

一块地方，向着湖心倾斜低低，

那里一座小岛，岛上枝叶葱葱，

一只只展翅的苍鹭惊醒，

睡意沉沉的水耗子，

那里，我们藏起了自己。

幻想的大缸，里面装满浆果，

还有偷来的樱桃，红红地闪烁。

走吧，人间的孩子！

与一个精灵手拉着手，

走向荒野和河流，

这个世界哭声太多了，你不懂。

那里，明月的银波轻漾，

为灰暗的沙砾抹上了光芒，

---

① 在叶芝的早期作品中，这是一首带有逃避现实倾向的代表作。诗中出现
的一些地名，如"史留斯树林"等都是斯莱哥乡间的真实名字，叶芝把现实和幻
想交织在一起了。"这个世界哭声太多了，你不懂。"——孩子要跟随精灵一起到
另外一个世界。不过，叶芝在这首诗里还表达了一种矛盾的思想：不朽的仙境固
然美好，但人间的欢乐和感情也就消失了，因此在最后一节中，孩子虽然走向仙
境，却是"眼睛严肃"的，这种矛盾在叶芝以后的作品中得到了发展。

■ 梵高《星月夜》

在头上的山峦中间独步踽踽，
把他的脸埋藏在一群星星中。

名 家 诗 歌 典 藏

在那最遥远的罗赛斯，

我们整夜跺着步子，

交织着古老的舞影，

交换着双手，交换着眼神，

最后月亮也已消失；

我们前前后后地跳个不已，

追赶着一个个气泡，

而这个世界充满了烦恼，

甚至在睡眠中也是如此焦虑。

来吧，噢人间的孩子！

与一个精灵手拉着手，

走向荒野和河流，

这个世界哭声太多了，你不懂。

那里，蜿蜒的水流从

葛兰卡的山岭上往下疾冲，

流入芦苇间的小水坑，

连一颗星星也不能在其中游泳；

我们寻找熟睡的鳟鱼，

在它们的耳朵中低语，

给它们一场场不安静的梦。

在那朝着年轻的溪流中

滴下它们的眼泪的蕨上，

轻轻把身子倾向前方

走吧，人间的孩子！
与一个精灵手拉着手，
走向荒野和河流，
这个世界哭声太多了，你不懂。

那个眼睛严肃的孩子
正和我们一起走去：
他再也听不到小牛犊
在温暖的山坡上呜呜，
或火炉架上的水壶声声，
向他的胸中歌唱着和平，
或望着棕色的耗子，
围着燕麦片箱子跳个不已。
因为他来了，人间的孩子，
与一个精灵手拉着手，
走向荒野和河流，
这个世界哭声太多了，他不懂。

走 过 柳 园

在那柳枝花园下边，我遇上我的爱；
她走过柳枝花园，赤裸的纤足雪白。
她要我轻松地相爱，像树儿抽着绿叶，
但是我年轻愚蠢，她的话我不同意。

在河边的田野里，我的爱和我伫立久久，
在我倚着的肩膀上，她放下雪白的手。
她要我轻松地生活，像堰上长着玫瑰，
但我那时年轻而愚蠢，如今满眶眼泪。

茵尼斯弗利岛①

我要起身走了，去茵尼斯弗利岛，
去那里建座小房，泥土和柳条的小房：
我要有九排云豆架，一个蜜蜂巢，
独居于幽处，在林间听群蜂高唱。

于是我会有安宁，安宁慢慢来临，
从晨曦的面纱到蟋蟀歌唱的地方；
午夜一片闪光，中午燃烧得紫红，
暮色里，到处飞舞着红雀的翅膀。

我要起身走了，因为我总是听到，
听到湖水日夜低低拍打着湖滨；
我站在公路，或在灰色的人行道上，
在内心深处听到那水声。

———————————

① 爱尔兰民间传说中的一个小岛。

爱情的悲哀①

屋檐下一只麻雀啁啾不停，
璀璨的银河，皎洁的月亮，
还有树叶传出的辉煌的和声，
抹去了人的喊声和意象。

一个姑娘站起身，多悲的红唇，
仿佛伟大的世界泪下簌簌，
如同奥德修斯和船只一样遭受厄运，
骄傲得像那与儿孙一起被杀的普莱姆。

她站起身，在即刻开始吵闹的屋檐上面，
空旷的夜空中爬上的一轮月亮，
还有无数的树叶的悲叹，
只能形成人的喊声和意象。

---

① 这是叶芝自己改动次数最多的一首诗。第一节中虽然有一只麻雀在啁啾，但宇宙一片和谐的景象，抹去了人想望的、但总要消失的事——"人的喊声和意象"。只是这种和谐却被一个姑娘破坏了，她"遭着厄运"可又是"骄傲"的。（叶芝这里也许是把她和海伦联系起来了，她带来了特洛伊王普莱姆的死亡和希腊英雄奥德修斯的厄运。参见荷马的史诗《伊利亚特》和《奥德修斯》。）这种混乱的状态在第三节得到了进一步的描写。"麻雀"消失了，屋檐上一片"吵闹"，树叶一度传出的"和声"现在成了"悲叹"，"人的喊声和意象"成了混乱的总象征。

当 你 老 了

当你老了，头发灰白，满是睡意，
在炉火边打盹，取下这一册书本，
缓缓地读，梦到你的眼睛曾经
有的那种柔情，和它们的深深影子；

多少人会爱你欢乐美好的时光，
爱你的美貌，用或真或假的爱情，
但有一个人爱你那朝圣者的灵魂，
也爱你那衰老了的脸上的哀伤；

在燃烧的火炉旁边俯下身，
凄然地喃喃说，爱怎样离去了，
在头上的山峦中间独步踽踽，
把他的脸埋藏在一群星星中。

谁和费古斯同去①

现在，谁又和费古斯一起驱车前去——
穿过深邃的树林和重重交织的影，
到那平坦而宽广的海岸上，纵情舞蹈？
呵青年，抬起你那赤褐色的眉毛，
呵姑娘，张大你脉脉含情的眼睛，
只是细细想着希望，再不要畏惧。

再不要转开身去，独自苦思深深，
苦思着爱情的神秘，辛酸的神秘，
因为费古斯统治着黄铜的车辆，
统治着树林中重重叠叠的荫影，
统治着黑色海洋的雪白的胸脯，
还统治着群星，披头散发，到处徜徉。

---

① 在一个爱尔兰传说中，费古斯是"骄傲的红枝皇帝中的皇帝"，他自愿放弃了他的王位，独自沉思着，梦想着，学习诗人和哲学家的智慧。

爱人讲着心中的玫瑰花

所有丑陋和破碎的事物，所有陈旧和古老的事物，
路边的孩子的一声喊叫，缓行的大车的一声叽嘎，
那个耕夫的沉重的脚步，溅起冬日的一阵阵泥土，
都在损害你的形象——你在我心中开了一朵玫瑰花。

丑陋的事物的错误，错得无以复加，无法再讲；
我多想重新塑造这些事物，在一旁的绿色小丘上坐下，
大地、天空、海洋，重新塑造，像一篮金子一样，
因为我想着你的形象——你在我心中开了一朵玫瑰花。

步 入 暮 色

在一个疲惫的时代里，疲惫的心呵，
远远离开了那张是非织成的网，
欢笑吧，心，再一次在灰暗的暮色中，
叹息吧，心，再一次在早晨的露珠中。

你的母亲爱尔兰共和国永远年轻，
露珠永远闪烁，暮色永远朦胧，
虽然你失去了希望以及爱情——
这一切在诽谤的火焰中燃烧殆尽。

来吧，心，那里山岭连着山岭，
因为太阳和月亮，幽谷和树林，
还有小河和溪流，有着神秘的
兄弟之情，按着它们的意志前行。

上帝伫立着，把他孤独的号角吹响，
时间和这个世界总在飞逝中，
爱情还不如灰暗的暮色那样多情，
希望还不如早晨的露珠那样可亲。

漫游者安格斯之歌①

我走出门，走向榛子树林，

我脑袋里有一团火焰在燃，

我砍下并削好一根榛子树棍，

把一颗小浆果缚上了线；

到处，到处飞舞着白色的蛾子，

蛾子似的星星呵，在渐渐消去，

我把浆果抛入一条小溪，

钓上了一条银闪闪的小鲟鱼。

我把小鲟鱼放在草地上，

转过身去把一团火苗吹起，

但什么东西在地上瑟瑟作响，

哦一个人正叫着我的名字；

鲟鱼变成了光艳照人的姑娘，

① 关于这首诗，叶芝自己作过一个注，选译如下："一支希腊民歌使我想起写这首诗，但希腊的民间信仰和爱尔兰的十分相像，当我写这首诗时，我自然想的是爱尔兰，还有在爱尔兰的精灵……"叶芝充分发掘了爱尔兰民间文学的宝库，又为之增添了优美的象征主义色彩，使诗获得了很大成功。在诺贝尔奖授奖仪式上，瑞典皇家学院的院长还特地提到了这首诗。

她的乌发里簪着苹果花，
她喊着我的名字奔向远方，
晨曦熹微中，终于消失了她。

虽然我老了，漫游得老了，
漫游遍了峡谷和山岭，
她去了哪里，我一定要把她找到，
执住她的手，亲吻她的唇；
漫步在长长的、光影斑驳的草地，
摘着，摘着，直到时间逝去，
摘着月亮的一只只银苹果，
摘着太阳的一只只金苹果。

帽子和戏铃

小丑走进了花园，
花园就变得寂静；
他吩咐他的灵魂上升，
在她的窗棂上站停。

灵魂在纯蓝的外衣中上升，
于是猫头鹰开始嘶叫声声：
因为，想着宁静又轻盈的
脚步声，它的舌头也变得聪明。

但年轻的女王不愿倾听，
她穿着白色的睡衣站起身，
关上了沉重的窗扉，
还特意把窗销插紧。

当那猫头鹰不再嚎叫声声，
他吩咐他的心向她走近，
穿着一件鲜红、抖动的衣服，
透过了门，向她唱个不停。

因为梦想花朵一样的秀发
飘拂不停，这一舌头也变得可亲，
但她从桌子上取了她的扇子
把那歌儿扇得无影无踪。

"我有帽子和铃，"他默默地想，
"我愿把它们给她送去，然后送命。"
当东方渐渐露出了白色，
他在她经过处留下了帽子和铃。

她把它们按在她的胸上，
在她云一样的头发下按紧，
她的红唇为它们唱了一支情歌，
直到星星都离开了苍穹。

她打开了她的门、她的窗，
于是一起进来了，灵魂和心，
往她的右手，那红的来临，
往她的左手，那白的来临。

它们激起了一阵蟋蟀般的噪音，
又是聪明又是甜蜜的絮叨声声，
她的头发是一束扎起的花，
在她的脚下，爱的宁静。

他讲着绝伦的美

哦云一般白的眼睑，梦色朦胧的眼睛，

一辈子，诗人们辛辛苦苦地干，

在韵律中建造一种美的绝伦，

却一下子就给女人的顾盼推翻，

给苍穹那种悠闲的沉思推翻。

因而我的心哟，鞠躬如也，当露水滴落睡意，

滴落在悠闲的星星和你之前，

一直到上帝把时间燃尽。

秘密的玫瑰

遥远的、秘密的、不可侵犯的玫瑰呵，

你在我关键的时刻拥抱我吧；那儿，

这些在圣墓①中或者在酒车中

寻找你的人，在挫败了的梦的骚动

和混乱之外生活着；深深地

在苍白的眼睑中，睡意慵懒而沉重，

人们称之为美。你巨大的叶子覆盖

古人的胡须，光荣的三圣人②献来的

红宝石和金子，那个亲眼看到

---

① 玫瑰是美的象征，在这首诗里，美又是叶芝自己的一种信仰。按照克尔特的神秘主义，人们会从中得到一种真正的启示。"我发现我无意识地改变了孔区帕之死的老故事，他不是在幻象中看到耶稣受难，而是别人告诉了他。我想象着孔区帕遇见范德'走在燃烧的露珠之中'……我创造那个'把神祇赶出了他们的要塞'的人，根据的是我读到的关于葛巴拉战役后的考尔特的一些情况。我根据费古斯创造了'那个骄傲的做着梦的皇帝'。我创造，'卖掉了耕田、房屋和日用品的那个人……根据的是《红马驹》……一个青年在大路上看到一道光，路上是一只打开的盒子，光是从盒子中射出的。他抬起盒子，里面有一绺头发，不久他当了皇帝的仆人。一共有十一个侍从，晚上十点他们去马房。除了他以外大家都带了火，他根本没带蜡烛……他进了马房，打开盒子，把盒子放在一个墙洞中。光十分亮，比其他的马房要亮上一倍。皇帝要他把这个盒子拿出来。皇帝说：'你必须去把那个有这头发的女人给我带来。'结果，这个青年，而不是皇帝，娶了那个女人。"

② "三圣人"指的是耶稣诞生时，三个从东方赶来朝圣的人。

钉穿了的手和接骨木十字架的皇帝①

在德鲁德的幻想中站起，使火炬黯淡，

最后从疯狂中醒来，死去；还有他，他曾遇见

范德在燃烧的露水中走向远方，

走在风儿从来吹不到的灰色海岸上，

他在一吻之下丢掉了爱玛和天下②；

还有他，他曾把神祇从要塞里驱赶出来，

最后一百个早晨开花，姹紫嫣红，

他饱赏美景，又痛哭着埋他死去的人的坟③；

那个骄傲的、做着梦的皇帝④，把王冠

和悲伤抛开，把森林中那些酒渍斑斑的

流浪者中间的诗人和小丑叫来，

他曾卖了耕田、房屋和日用品，

多少年来，他在岸上和岛上找寻，

最后他终于找到了，又是哭又是笑

一个光彩如此夺目的女娃，

午夜，人们用一绺头发把稻谷打——

一小绺偷来的头发。我也等待着

飓风般的热爱与痛恨的时刻。

---

① 在早期基督教传说中，孔区帕皇帝据说是耶稣受难那天死的——听到那消息之后在一阵狂怒中死的，叶芝却把他写成在幻象中看到了受难的情景。"钉穿了的手"指的是耶稣的手。

② 古爱尔兰英雄库赫兰被范德从他的妻子爱玛身旁引诱了过去。

③ 考尔特，爱尔兰传说中的英雄，奥辛的伙伴，芬的儿子，诗人兼战士。

④ "骄傲的做着梦的皇帝"是费古斯。

什么时候，星星在天空中被吹得四散，
就像铁匠店里冒出的火星，然后暗淡，
显然你的时刻已经到来，你的飙风猛刮
遥远的、最秘密的、无可侵犯的玫瑰花？

他希望得到天堂中的锦绣

倘若我能得到天堂中的锦绣，
织满了金色的和银色的光彩，
那蔚蓝、黯淡、漆黑的锦绣，
织上夜空、白昼、朦胧的光彩，
我愿把这块锦绣铺在你的脚下；
可是我穷，一无所有，只有梦，
我就把我的梦铺到了你的脚下；
轻轻地踩，因为你踩着我的梦。

古老的记忆

噢让思想飞向她吧，当西沉的夕阳
唤起了一个古老的记忆，对她讲：
"你的力量，如此高尚、强烈、亲切，
真能唤起一个新的世纪，在脑海里，
唤起那些想象中的许久以前的女王，
她们也不能与你媲美。他跪在面团上，
跪过了青春的漫长岁月，谁想到，这一切，
还有更多的，到头来却都是空虚，
而那些亲切的话语毫无意思？"但是唉，
什么时候我们能责备风，就能责备爱，
或，如果需要更多，就什么都不说，
对迷路的孩童来说，那可是难过。

决不要献上整颗心

决不要，决不要献上整颗心，
因为在那些狂热的女人眼中，
如果爱情是想当然，就仿佛
不值得一想，她们从未想过
爱情会在一个到另一个的亲吻中消失，
因为每一件可爱的事都只是
短暂的、梦幻的、亲切的欢欣。
决不要，决不要直接献上心，
因为那些女人，尽管巧嘴多伶俐，
掏出她们的心，只是为了游戏。
但是到底谁能够玩得精彩，
如果是因为爱情又哑又聋又瞎？
他这样做的，现在把代价认清，
因为他献出而又丧失了整颗心。

亚当的诅咒①

我们端坐着，在炎夏的尽头

那个美丽温柔的女人，你的好友，

你，还有我，一起谈论着诗，

我说："一行诗使我们花上几个小时，

可它要显得不是一刹那的思想，

我们的织，我们的析，就是空忙一场，

真还不如跪下你的双膝，去

擦擦厨房地板，或敲敲石子，

就像一个老穷人，顾不上风吹雨淋，

因为要甜美地发出一句句心声，

就要比这一切干得更累，更忙，

可他还会被那帮喧闹的校长、

---

① 《亚当的诅咒》是叶芝最早用戏剧性对话形式写成的诗之一。一开始三行就交待了时间、背景、主题和人物。"那个美丽温柔的女人"是茅德·冈的妹妹凯瑟琳，但在诗中是个象征性的人物。叶芝很快就探讨开了三种平行的劳动：诗人的、女人的、情人的劳动，诗人要努力使诗句显得浑然天成，女人要努力获得美，情人要努力使爱情成为一种艺术。不过，这些努力在现代世界（由银行家、校长等组成）并不得到重视。叶芝从诗写到"任何优美的东西"，然而最后一段却又作惊人之笔：疲倦的，空乏的月亮升起了，这样就回到了叶芝诗中经常出现的一个主题：年华流逝，曾经努力获得的幸福黯然无光了。

银行家和牧师们看成一个闲小子——
烈士却把那帮人称作世界。"

                                   于是

那个美丽温柔的女人,话声
又甜又低,许多人听到这嗓音
就感到心儿在疼,胸口在烧,
回答说:"生为一个女人就要知道——
虽然他们在学校里不把这个问题讲——
我们必须努力使自己变得漂亮。"

我说:"自从亚当堕落以后,任何
优美的东西肯定都需要劳作,
曾经有些爱人,他们以为爱情
应该由这样高度的殷勤组成:
他们频频叹息,摆出有学问的神气,
引用美丽、古老的书本中的先例,
但现在看来可是无聊的行为。"

我们坐着,因提到了爱情而安详,
我们看到白日燃完最后的余烬,
在苍穹颤悠的蓝绿色光彩中,
一轮明月,仿佛是一只小贝壳,
为时间的潮水冲得疲惫,潮水随着

星星升起落下，分成了日子和年份。

我有一个思想，可只能由你来听：
你曾经容颜夺目，我曾经努力
用古老的爱情方式来爱过你；
一切曾显得幸福，但我们都已变了——
变得像那轮空空的月亮一样疲倦。

没有第二个特洛伊①

为什么我要责备，责备她使我的日子

充满了痛苦，或她最近

教会了无知者狂野的方式，

或把小街的种种污秽扔向伟人——

只要他们有实现欲望的胆量？

有一个因为高尚、单纯得像火焰一般的

头脑，还有一种像拉紧了的弓弦一样的

美，一种在这样的时代不再自然的

美，因为高昂、孤单、严峻，

那么，有什么能使她平静下来？

哦，她能做什么，因为像她那样的人，

还有没有第二个特洛伊要为她燃烧？

---

① 这又是围绕着茅德·冈的形象写的一首诗。茅德·冈在爱尔兰独立运动
中鼓吹暴力，这是叶芝所不赞同的。叶芝把她与特洛伊战争中的海伦相提并论，
海伦美艳无比，却是毁灭特洛伊的原因。这种既爱又恨的心情反映在叶芝许多首
关于茅德·冈的诗中。

那是困难的事物的魅力①

那是困难的事物的魅力，
已使我血液中的汁液干涸，
已使我的心失去了自发的欢乐
和自然的满足。我们的小驹患了什么病，
仿佛它没有神圣的血液流遍周身，
也不在奥林匹斯山上的云端中跳跳奔奔，
只能在鞭子下颤抖，挣扎，流汗，踢蹬，
似乎它用力抱着铺路的碎石。我诅咒，
诅咒那些必须用五十种方式写出的剧本，
诅咒那与所有无赖和傻瓜的每一天战争，
剧院的事务，人们的安排种种，
我真发誓，在黎明重新来到之前
我要找到马厩，一把拔出插销。

_____

① 对叶芝来说，最困难的是围绕着库赫兰题材的剧本创作。"小驹"象征着诗人的创作能力，"只能在鞭子下颤抖……"诗还写到了阿贝剧院的种种事务的烦恼，这和"自发的欢乐"形成了对照。最后两行是从"小驹"的意象引出的，有着双重的象征意义。

和时间一起来的智慧

枝叶虽然繁多，根，只是一根，
在我的青春，那些悠忽的日子里，
阳光下，我曾把我的花叶抖动，
现在我也许能凋零了，归入真理。

一位友人的疾病

疾病给我带来这样一个
思想，放在他的天平上：
为什么我要如此惊慌？
那火焰已燃遍了整个
世界，就像一块煤一样，
虽然我看到天平的
另一边是一个人的灵魂。

所有的事情都能引诱我

一切都能引诱我不再从事这种诗的技巧，
一度曾是一张女人的脸，抑或更糟——
我那让傻瓜们治理的祖国的看上去的需要；
现在只有这种已经习惯了的辛劳
娴熟地来到我的手上。当年我年轻的时光，
我可从不为一支歌儿把便士赏；
诗人吟唱起来也不是那种模样——
人们竟会相信他有一把剑在楼上；
然而现在，就算我能如愿以偿，
只愿比一条鱼更冷、更聋、又目瞪口张。

棕色的便士

我低声絮语："我够大了。"
然后又说，"我太年轻。
于是我扔出一枚便士，
看看我是否能找到爱情。
"去爱吧，去爱吧，年轻人，
如果那姑娘漂亮而年轻。"
呵便士，便士，棕色的便士，
我卷入了她一圈圈的鬈发中。

哦爱情是件摸不透的事，
没有一个人足够聪明，
能发现爱情中一切的一切，
因为他专心致志想个不停，
想着爱情，直到星星都已消失，
影子也把月亮吞食。
呵便士，便士，棕色的便士，
要开始爱情，一点也不会太早。

一九一三年九月^①

既然你正明白过来，为什么

还在一个油腻的钱柜里乱摸一气，

在一个便士上再把半个便士凑，

颤抖地祷告，祷告不已，

最后忙得骨髓都枯干？

因为人生下来就是要祷告，积聚：

浪漫的爱尔兰死了，音讯杳然，

爱尔兰和奥利力^②一起在坟墓里。

但他们是截然不同的一种人，

那些停止你们稚气游戏的名字——

他们奔跑在世界各地，像一阵风，

却几乎没时间一声声祷告不息，

对他们呵，刽子手的绞索在旋转，

仁慈的主，他们又能积聚什么东西？

----

①　这首诗反映了叶芝早期对爱尔兰民族自治运动的幻灭心情，但后来事态的发展又使他改变了看法。

②　约翰·奥利力，爱尔兰争取民族自治运动的代表人物，死于1907年。

浪漫的爱尔兰死了，音讯杳然，

爱尔兰和奥利力一起在坟墓里。

是不是因此野鸭在每一次

潮水上都展开了灰色的翅膀，

因此洒下这许多鲜血淋漓，

因此罗伯特·爱密特和沃尔夫·唐

以及勇者被这一派谎言欺骗，

还有爱德华·菲兹杰拉尔德①，都离开了人间。

浪漫的爱尔兰死了，音讯杳然，

爱尔兰与奥利力一起在坟墓里。

如果我们能把年代倒转，

叫来这些流放者，他们

此刻充满了痛苦，形孤影单，

你会喊："一个女人的金发蓬松②，

使每一个母亲的儿子都疯疯癫癫。"

他们把他们给予的一切都不放在眼里。

但随他们去吧，他们死了，音讯杳然，

他们与奥利力一起在坟墓里。

---

① 罗伯特·爱密特（1778—1803），沃尔夫·唐（1763—1798），爱德华·
菲兹杰拉尔德（1763—1798），都是在爱尔兰争取民族自治运动中牺牲的著名人
物。

② 此处可能影射茅德·冈。

乞丐对着乞丐喊

"是离开的时候了，去另外一个地方，
到海风中去重新找回我的健康，"
乞丐对着乞丐喊，因为发了疯，
"在我脑瓜秃光前，让我的灵魂发光。"

"去找到房子和妻子，舒适、甜美，
帮我摆脱掉我鞋子中的魔鬼，"
乞丐对着乞丐喊，因为发了疯，
"还有我大腿中那个更糟的魔鬼。"

"虽说我愿意娶一个漂亮的姑娘，
可讲得过去就行——也不必太漂亮，"
乞丐对着乞丐喊，因为发了疯，
"唉，镜子中有一个魔鬼的模样。"

"她也不要太阔，因为阔人为财产
驱迫，就像乞丐们为痒痒所驱迫，"
乞丐对着乞丐喊，因为发了疯，
"她就不能有幽默、愉快的语言。"

■ 莫奈《撑阳伞的女人》

那时曾使她全身血液激动，
并且使她的眼睛闪耀。

名家诗歌典藏

"那里我自在地越来越受人尊敬，
在花园里，在每夜的宁静中倾听，"
乞丐对着乞丐喊，因为发了疯，
"风在恋栈的鹅群中吹起的喧腾。"

女　巫

苦苦劳动，于是发了财，
那又怎样？只是去躺在
一个邪恶的女巫身边。
被榨得干干了，
然后就被带去，
带到那房间里，
久久地，一个人躺着
陷于绝望？

给一个在风中舞蹈的孩子

一

那里，在海岸上舞蹈，
你有什么必要去忧虑
狂风或者海浪的呼啸？
把你那星星点点水珠子
打湿了的长发散披在肩上。
你还年轻，不可能知道
那种傻瓜的胜利，也不会去想
爱情一赢来就会丢掉，
更不会懂，去把稻束捆起的
最好的劳动者①已经离开了人间。
你有什么必要去恐惧
怒吼的狂风倒海排山？

---

① "最好的劳动者"指的是沁孤。他在壮年死去，本来应该收获，"把稻束捆起"。

二　两年之后①

就没有人说过，这和蔼可亲的
眼睛应把更多的学识深藏？
或曾告诫你那些自焚的
飞蛾多么令人感到绝望？
我本可告诫你，但你还年轻，
于是我们说着不同的语言。

哦，你会接受献上的一切，
梦想着整个世界是你的朋友，
经历和你母亲一样坎坷的遭遇，
到了最后，一切无可挽救。
但我年老，你年轻，
于是我说着一种野蛮的语言。

---

①　这两首诗都是写给茅德·冈的女儿的。"野蛮的语言"有好几层意思：叶芝讲的是英语，女孩子讲的是法语；叶芝讲的是老人的语言，充满对年华虚度的感慨。

冰冷的天堂①

我骤然看到那冰冷的、白嘴鸦欢欣的天堂，

那里仿佛冰在燃烧，而冰又不仅仅是冰，

于是幻想和情感，都给驱赶得发了狂，

这个或那个念头，每一个都无足轻重，

都已消逝，余下的唯有那随着青春的热血

一起过了季节的记忆，早已消亡了的爱情；

我把责备从所有的感觉和理性中取出，

最后我大喊着，颤抖着，不停地晃动，

全身被光穿透了呵！当鬼魂开始加快步伐，

临终的麻木的混乱告终了，它是不是

被赤身裸体地送上了大路，作为惩罚——

像书本所说的，被天空中的不正义所击？

①　叶芝回答茅德·冈说，这首诗"是一种尝试，去描绘寒冷而超然之美的冬日天空在他身上激起的感情，他感到孤零零而又负有责任，因为那过去的种种错误折磨着他心灵的平静，使他孤独不堪。这是梦幻一般的感受，周围物体依然清晰地固定在脑海里，又在那片刻而永恒悬置的回顾里，加进了这许多年的思想和现实。"

玩　偶

一个玩偶在玩偶匠的家里，
看着摇篮，开始高声大叫：
"这是对我们的一大侮辱。"
但玩偶中那个最年老的，
因为摆过橱窗，见识过
好几代和他同类的玩偶，
比其他的叫得更响："虽说
无人能详细地说个够，
这地方的邪恶，种种邪恶，
这男人和女人给这里带来的
吵吵闹闹、肮脏的东西，
真使我们的脸上大失光彩。"
听到他这一番夸张和呻吟，
玩偶匠的妻子心里明白，
她丈夫准听到了那个可怜的话音，
于是她在他椅子的扶手边蹲下，
悄悄地在他耳边讲，
把她的头倚在前倾的肩上：
"我亲爱的，我亲爱的，噢我的爱，
那完全是件意外。"

一件外衣

我把我的歌做成一件外衣，
从头到脚遍体绣满
从古老的神话里
取来的种种锦绣图案；
但傻瓜们取到这件外衣，
在世人的眼前把它穿起，
仿佛是这些眼光制成了外衣。
歌呵，就让他们拿去吧，
因为在赤身裸体行走时，
有着更多的雄心勃勃的事业。

柯尔庄园的野天鹅

树木披上了美丽的秋装，
林中的小径一片干燥，
在十月的暮色中，流水
把静谧的天空映照，
一块块石头中漾着水波，
游着五十九只天鹅。

自从我第一次数了它们，
十九度秋天已经消逝，
我还来不及细数一遍，就看到
它们一下子全部飞起，
大声拍打着它们的翅膀，
形成大而破碎的圆圈翱翔。

我凝视这些光彩夺目的天鹅，
此刻心中涌起一阵悲痛。
一切都变了，自从第一次在河边，
也正是暮色朦胧，
我听到天鹅在我头上鼓翼，

于是脚步就更为轻捷。

还没有疲倦，一对对情侣，
在冷冷的友好的河水中
前行或展翅飞入半空，
它们的心依然年轻，
不管它们上哪儿漂泊，它们
总是有着激情，还要赢得爱情。

现在它们在静谧的水面上浮游，
神秘莫测，美丽动人，
可有一天我醒来，它们已飞去。
哦它们会筑居于哪片芦苇丛、
哪一个池边、哪一块湖滨，
使人们悦目赏心?①

---

① 年老的叶芝凝视着那五十九只天鹅，不禁思绪万千：十九年来它们仿佛
神奇地向时间作着挑战——"还没有疲倦""它们的心依然年轻"。虽然它们可能
和叶芝一样年老了，却给人一种永恒的生命的幻象。"静谧的天空"和"静谧的水
面"仿佛象征着它们的双重性：一方面，它们和人一样，是"一对对情侣"；另一
方面，它们又是不朽的，永远不会有"疲倦"。然而，这种"神秘"的永恒性会不
会"飞去"呢？

一个爱尔兰飞机师预见他的死亡

我知道，在高高的一块
云端，我将结束我的一生；
那些我保卫的人，我不爱，
那些我抗争的人，我不恨，
我的祖国是盖尔特的十字架，
我的同胞是盖尔特的穷人，
无论结局怎样，都不会使他们过得更坏，
或使他们比先前多一些欢欣。
没有法律或责任吩咐我去战斗，
没有名人，也没有欢呼的群众，
只是一种孤独的狂欢冲动，
驱使人在云端混乱抗争；
我平衡了一切，什么都想了想，
那未来的岁月仿佛只是浪费一场，
我留在身后的岁月也是浪费一场，
与这种生活平行的，是这种死亡。

人们随着岁月长进

梦呵，我已厌倦不堪，
小溪中，一尊风吹雨打的
大理石的半人半鱼女神。
成天，我凝视着，又凝视着
这一个女人的风采，
仿佛我是在一本书中，
找见了一张美人插图，
因为满足了眼睛或敏锐的
耳朵，心中欢欣万分，
只要变得聪明，就感到高兴。
毕竟，人们随着岁月长进。
然而，然而，
这是我的梦境还是真实？
但愿我有着燃烧的青春时
我们两人相遇在一起，
但在纷繁的梦中，我老了，
小溪中，一尊风吹雨打的
大理石的半人半鱼女神。

给一个年轻的姑娘①

我亲爱的，我亲爱的，我知道，
比任何人都更清楚地知道，
什么原因使你的心儿这样跳；
甚至你自己的母亲，
也不能像我那样清楚地知道，
谁使我的心儿受尽煎熬；
这个疯狂的念头，
她现在可拒不承认，
而且也早已忘掉，
那时曾使她全身血液激动，
并且使她的眼睛闪耀。

---

① 这首诗是写给茅德·冈的女儿的。

学　者

那些忘却了自己罪愆的秃脑瓜们，
衰老的、有学问的、受人尊敬的秃脑瓜们，
孜孜的编纂者，苦苦注释着一行行诗行，
但那可是一些年轻人，在床上来回折腾，
在爱情的绝望中呻吟出的韵，
为了讨美人的笨耳朵的欢心。

秃脑瓜们拖着脚走，在墨水瓶中咳嗽声声，
秃脑瓜们的鞋都快擦破了地毯，
秃脑瓜们尽想着其他人的种种事情，
秃脑瓜们认识他们邻居认识的那个人。
主呵，他们到底又能说些什么？
他们的凯特勒斯①可曾那样行吟？

---

①　凯特勒斯（公元前 87—54），罗马抒情诗人。

沮丧时写下的诗行

什么时候我最后一次看到

月亮上那些长着绿莹莹的圆眼睛，

长长的、身躯摇晃的黑豹？

所有的野巫婆们，那些最高贵的妇人，

虽然她们有她们的扫帚和眼泪，

无影无踪了，她们愤怒的泪光。

消失了，山岭上神圣的半人半马，

我一无所有，只剩下痛苦的太阳，

放逐了的、遁去了的英勇的月亮母亲；

现在我已活到了五十岁，

我必须忍受这太胆怯的太阳。

人　民①

"尽管这一切工作我又得到了什么?"我问,

"尽管我付出自己的代价,做了这一切?

这个粗野无礼的城市中天天有如此的恶意,

这里,谁为人效力最多,就被人损得最深;

在一个夜晚和早晨中间,那个人②一生的

赫赫声名尽付东流。那里,我本来会生活着——

你也清楚地知道,我的渴望有多强烈,

那里,我每天的脚步都可以从

弗拉勒③围墙的绿荫中缓缓走下,

或在那些过去的意象中向上攀登,

那些无人扰乱、雍容大度的意象——

黄昏和清晨,乌比诺的陡峭的街衢,④

我来到公爵夫人和她的人谈话之处,

---

① 这首诗也是围绕着茅德·冈的形象写成的。叶芝虽然热爱她,但他们的观点有着很大的不同,叶芝身上充满了贵族式的气质,而茅德·冈洋溢着激进的民主感情。在诗里,叶芝想象着自己在一个远离都柏林烦恼的贵族社会,可茅德·冈——他的"凤凰"虽遭受种种挫折,如与丈夫的离异,在人们中的失意,在阿贝戏台上受到人们哄,她依然责备了叶芝对人民的批评。叶芝为自己辩护说:"我的优点是有分析的思想,下种种定义。"可在他内心深处,还是万分惭愧的。

② 此处指的可能是帕内尔。

③ 意大利地名,文艺复兴时曾建有许多著名的建筑。

④ 意大利地名,文艺复兴时曾建过著名的教堂。

度过庄严的子夜，最后伫立在
那大窗子旁，望着曙色渐东升。
我本来会有的朋友们，都能
把殷勤和激情浑为一体，就像
那些凝视着灯心在黎明中渐渐变黄的人；
我本来可以运用我的行业所允许的
一种实在的力量：选择我的伙伴，
选择我最为倾心的那一幕风景。"
于是我的凤凰带着责备回答说：
"醉醺醺的酒鬼，贪污公款的人，
我赶走的那一帮不诚实的家伙，
当我运气转了，就都敢直瞪我的脸，
这些我服务过，一部分我还喂过的人
从阴暗角落里爬出，向我猛扑过来，
但我从来不会，现在和将来都不会
埋怨人民。"
　　　　我所能做的回答只是：
"你，不是在思想中而是在行动中生活的人，
能够有着一种自然的力量的纯洁，
可我，我的优点只是有分析的思想，
下种种定义，既不能合上想象的眼睛，
也无法管住我的舌头默不做声。"
然而，我的心听到她的话而跳动，
感到惭愧万分，现在已过了九年的光阴，
这些话浮上脑海，我又羞愧地把头低沉。

破碎的梦

你的秀发中已见银丝点点，
当你款步走过青年人的身边，
他们再不会猛然把呼吸屏住；
某个老家伙也许还会喃喃祝福，
那只因为是你的祷告声声
使他在病床上获得了新生。
为你一个人——认识了心的所有苦痛，
也把心的所有痛苦给了其他人，
从简朴的姑娘时代起就担负着
难以负担的美——为你一个人
天国也放弃了她末日的打击，
在你的和平中她占了这样大的一份，
你只是漫步在房间中。

你的美只能在我们中间
留下模糊的记忆，也仅仅是记忆。
当老人们讲完了话，一个青年
会对老人讲："告诉我，诗人不倦地、
不懈地对我们吟唱的女人，
年龄本来会使他的血液变冷。

模糊的记忆，也仅仅只是记忆，
但一切都会重新诞生，在坟墓里，
我将肯定会用年轻的眼睛中的
激情，看到这个女人，
当女性的豆蔻年华初绽，
倚着，站着，或款步缓缓，
我将肯定——那样一种肯定性
使我像傻瓜一样喃喃不停。

你比任何人都更为美艳，
但你的玉体有一个小瑕点，
你的纤手不是那么秀气，
我真担心你会急匆匆奔去
划桨，袖子挽到手腕上。
在那神秘的、永远满盈的湖上划桨，
湖里，那些遵守神圣的法律的人，
划桨而又完美，别让我曾经吻过的
那双手改变模样——
看在过去的缘分上。

午夜的最后一下钟声远了，
在一张椅子里，整整一天，
从梦到梦，从韵到韵，我徘徊着，
与空中的一个形象乱扯一气，
模糊的回忆，也仅仅只是回忆。

头脑这只气球

手呵，按吩咐去做，
把思想这只气球——
这只在风中鼓起、缓行的气球——
带到它狭小的棚子里。

种种存在

这个夜晚如此奇特，仿佛
我的毛发都一根根直竖。
从太阳落山起，我就梦见
女人们在笑，胆怯或是粗鲁，
花边或是绸缎的一阵簌簌响，
登上我吱嘎作响的楼梯。她们
读了我写的那一切可怕的东西
回来了，但并未回报爱情。
她们伫立在门口，在我巨大的
木讲台和炉火中间伫立，
于是我能听到她们的怦怦心跳；
一个是娼妓，另一个是孩子，
她看男人时，从未带有过欲望，
还有一个，也许是个女王。

当被人要求写一首战争诗时

在像我们这样的年代里，我想，
一个诗人最好是缄口不言，既然
我们没有能力使政治家改邪归正；
一个人已有够多的操心事——要是他能让
一个年轻、懒洋洋的姑娘感到欢愉，
或让冬夜里的一个老人感到欢欣。

快破晓的时光

可是我梦境中的幽灵，
那躺在我身边的女人？
梦着，或我们分享着梦，
黎明透出第一丝幽光冷冷。

我想："在本布尔本山那边
有一道瀑布，整个童年里
我都视为无比亲切的瀑布，
无论我漫游的足迹会有多远，
我从未把如此可亲的景色找见。"
我的记忆已把童年所珍视的
这许多东西放大、扩展。

我想摸摸它，像个孩子一样，
但知道我的手指只能摸摸
冰冷的石头和水。我真发了狂，
甚至指控起天国，因为
它制定的法律中竟有一条是这样
我们爱得太多的东西呵——

我们的触觉却无法估量。

我一直梦着，到了快破晓的时光，
冷风把水花吹进了我的鼻孔。
但是她，躺在我身边的人，
在更痛苦的梦境中，
望着阿瑟①的那只神奇的雄鹿，
那只洁白的雄鹿，跳跳奔奔，
从峻峭的山岭跃到峻峭的山岭。

① 英国传说中的一位古代皇帝。

第二次来临

转呵，在越来越宽的回旋中转，
猎鹰再也听不到驯鹰者的呼唤，
一切都瓦解了，中心再不能保持，
只是一片混乱来到这个世界里，
鲜血染红的潮水到处迸发，
淹没了那崇拜天真的礼法，
最优秀的人失去了一切信念，
而最卑鄙的人狂热满心间。

显然某种启示就要来临，
显然第二次来临已经很近；
第二次来临！这几个字还在口上，
出自世界之灵的一个巨大形象，
扰乱了我的视线：沙漠中的某个地点，
一具形体，狮子的身，人的面，
像太阳光一般，它那无情的凝视
正慢慢地挪动它的腿，到处是
沙漠中鸟儿的影子，翅膀怒拍，
黑暗又降临了，但我现在已明白，

二十世纪的死气沉沉的睡眠

给晃动的摇篮摇入恼人的梦魇。

什么样的野兽，终于等到它的时辰，

懒洋洋地走向伯利恒，来投生?①

---

① 这首诗的诗题是从《圣经》上借用的，《圣经》中预言耶稣将"第二次来临"，带来太平盛世，又预言会有一个"伪耶稣"到来，在人间作恶。在叶芝的象征主义体系里，历史每一循环两千年，那么现代世界已危机重重了，一个"伪耶稣"即将来临。第一节用具体的形象描绘了浩劫来临前的混乱状态。第二节中的"世界之灵"意思接近荣格的"集体潜意识"，叶芝把狮身人面的形象说成来自"世界之灵"，抹上了神秘主义的色彩，其实还是指那要给人们带来灾难的"伪耶稣"形象。摇篮原先象征耶稣降生之地，这里指"伪耶稣"出世之处。叶芝后来曾向友人引用这首诗，证明他对法西斯主义的兴起是感到十分忧虑的。

为我女儿的祷告①

又一次暴风雨在怒吼，但半掩

在这摇篮的幔子和被单下面，

我的孩子依然酣睡。只有格雷戈里树林

和贫瘠的山坡是唯一的屏藩，

那里，吹翻草堆掀走屋顶的

大西洋风，才能被挡一挡，

整整一小时我漫步着，祷告长长，

因为那在我头脑里的阴霾深深。②

整整一小时我为孩子踱步、祷告，

又听海风尖声在高塔上呼号，

---

① 1919年2月16日，叶芝的女儿安·勃特勒·叶芝出世，叶芝年已五十四岁。晚年得女，诗人的心情是激动的，同年六月，写下了这首诗。从诗的写作日期来看（紧接在《第二次来临》之后），叶芝是充满了忧虑的。在这样灾难深重的现代世界中，他的女儿该有一个什么样的前途呢？于是他真诚地为女儿祷告着。他祈祷女儿能长得美，但不要像茅德·冈那样，太美了，反而误了终身。诗中提到了海伦、从海中出生的"女王"（维纳斯），生活都是不幸的（维纳斯的丈夫战神马斯被写成了"罗圈腿的铁匠"）。女子的美德是谦逊和仁慈；至于女子的心灵，应该是单纯而自然的，不要抱什么仇恨。"把美德去换了一只怒号的老风箱"，又是指茅德·冈参加政治活动的教训。最后诗人把希望寄托在"习俗"和"礼仪"上，愿女儿在这样一种平稳的生活中找到幸福。
② 此处似指现代世界的"阴霾"。

在桥的拱洞下狂啸，在涨起的
溪流畔的榆树中间不停地尖嘶；
我在激动的遐想中幻想，
那未来的年月已经来临，
随着疯狂的鼓声舞蹈不停，
来自那充满恶意的天真的海洋。

但愿她能出落得美丽，但不是
那使一个陌生人沉醉的美丽，
或使她自己在一面镜子前陶醉，这样
一个长得过分美丽的姑娘，
她会认为美貌是一个自足的目的，
于是丧失了自然的亲切，也许还有
那选择真正的人的情意相投，
结果从来不能获得友谊。

海伦入选，发现生活无味平淡，
后来从一个傻瓜那里遭到了许多麻烦，
而那伟大的女王，从海浪里升起，
没有父亲，她本可以随心所欲①，
却选了一个罗圈腿的铁匠当男人。
多少美好的女人总是

---

① 维纳斯是从海中诞生的，因此没有父亲。

吃风魔一时的肉沙拉子,①
于是把富裕之角这样断送②。

我愿她首先学会谦逊,
心灵不是天赐之物,而是由那些人,
那些并非十全十美的人努力挣到了手,
然而好多人,为了美本身的追求
扮演了傻瓜,使魅力变得聪明,
还有多少可怜人,曾流浪过,
爱过,并认为自己被人爱过,
最终瞩目于一种仁慈的欢欣。

愿她成为一棵树,枝影重叠,
她所有的思想像一只只红雀,
没有什么使命,只是到处散播
它们的声音辉煌又柔和,
那只是在一种追逐中的欢乐,
那只是在一种斗嘴中的欢乐,
或愿她生活得像一棵葱茏的月桂树③,

---

① 大意是赶时髦的胡思乱想。
② 在罗马神话中,大地的母亲西勒斯常被描绘成左手捧着一只羊角,里面盛满了花朵,因此羊角成了富裕的象征。在这首诗里,叶芝还把它与谦逊、高贵、礼仪联系起来了。
③ 月桂树原指诗人的桂冠,此处稍有引申意。

扎根于亲爱的、永恒的泥土。

因为我曾经爱过的那些心灵，
我赞成过的那种美，都没交上好运，
我自己的心灵，近来也日渐干涸，
但我知道心为仇恨所扼，
在一切邪恶中最为邪恶深重，
如果心灵里没有一丝恨意，
风的殴打，风的攻击，
决不能把红雀赶出树丛。

心灵上的仇恨是最糟的事情，
因此让她明白思想实在可憎，
我见到过最婀娜可爱的女人，
她正是在富裕之角中出生，
只是因为她有固执的思想
把那只角，以及安详的性格
所能理解的每一种美德，
去换了一只怒号的老风箱。

想一想吧，一切仇恨都被驱尽，
灵魂恢复了那本来的天真，
最终认识到了灵魂就是自娱，
就是自我安慰，自我警惕，

它甜蜜的意志将是天国的意志，
纵然每一张脸都怒气冲冲，
每一个多风之处都吼个不停，
或每一只风箱迸发，她依然自怡。

愿她的新郎把她领到家去，
那里，一切都合乎习惯、礼仪；
因为骄傲和仇恨只是商品，
任人大声叫卖在市中心。
除了在风俗和礼仪之中，
哪里还能生出天真和美？
礼仪，是丰裕之角的称谓，
风俗，是繁茂的月桂树的姓名。

驰向拜占庭①

—②

那不是老年人的国度。青年人
在相互的怀抱中，鸟儿在树上
——那些垂死的一代代——在歌吟，
鲑鱼如阵阵瀑布，遍布鲑鱼的海洋，
鱼、兽或鸟，一夏都赞个不停，
赞着一切的降生、养育，还有死亡。
沉溺于感官享受的音乐，全都疏忽
那永葆青春的精神的纪念物。

---

① 拜占庭即现在的伊斯坦布尔，曾是东罗马帝国和东正教的中心，对叶芝来说，拜占庭是个内涵十分丰富的象征。它象征着艺术、永恒、精神与物质的统一，是一个超脱了人间无常变化的地方。

② 第一节主要写青年达不到这种境界，他们太沉溺于"感官享受"；"鲑鱼"和"鲑鱼"的意象都是指鱼的繁殖，因此与青年相连，但这一切都要走向死亡。

二①

一个老年人只是个废物，

一件破外衣裹着一根拐杖，

除非灵魂的掌声和歌声传出，

尽管它的衣衫破烂，唱得响亮，

任何歌唱的学院，都在研读

纪念碑上记载自己的辉煌，

因此我远渡重洋，来到

拜占庭这座神圣的城堡。

三②

哦智者们，站在上帝的神火中，

就像墙上的镶金磨嵌雕饰，

从圣火中走出来吧，旋转当空，

成为教我灵魂歌唱的导师，

---

① 第二节写老年人因为精神和肉体都退化了，也难进入这种境界，只有当灵魂"尽管它的衣衫破烂"（指肉体的衰颓），依然"唱得响亮"（指寄托于永恒的艺术品），才能来到"拜占庭这座神圣的城堡"。这时叶芝已六十多岁了，所以最后两行写出了叶芝的向往（其实叶芝没去过拜占庭）。

② 这大约指的是拜占庭的哈吉·苏非尔教堂墙上镶金磨嵌的"智者"形象。"旋转"是叶芝最爱用的词之一，这里意思是要智者从墙上旋转下来，把他自己的心烧尽，帮助他进入他们的境界。

■ 梵高《麦田云雀》

一亩青草，郁郁葱葱，
给人空气，让人运动。

名 家 诗 歌 典 藏

把我的心烧尽，执迷于情，
附在垂死的野兽身上，奄奄待毙，
它不知道自己是什么，将我收进
那件永恒不朽的工艺精品。

四①

一旦超脱了自然，我再也不想
从任何自然物体取得我的体形；
除非像希腊的金匠铸造的那样，
用镀金或锻金所铸造的身影，
使那个要睡的皇帝神情清爽，
或者就镶在那金树枝上歌吟，
唱着过去、现在或未来的事情
给拜占庭的王公和贵妇人听。

---

① 在这一节里，叶芝是说他一旦摆脱了束缚，就不再附于任何自然物体。叶芝对这一节作过一个注："我在什么地方读到过，在拜占庭的王宫里有一棵金银做成的树，树上有着人工做成的会唱歌的鸟。"诗用这个意象表明，诗人想在这种拜占庭的艺术中获得永生。

轮　子

走过冬天我们拜访春天，
走过春天又去拜访夏天，
当到处丛生的一圈圈藩篱
宣布说冬天最为美好无比，
此后再没什么好的东西，
因为春天还远远不见足迹——
也不知道那使我们血液不安的
仅仅是它对坟墓的渴念。

为我儿子的祷告

吩咐一个强壮的精灵站在头上，
我的米切尔就能睡得又甜又香，
不在床上哭，也不在床上翻，
一觉睡到早餐送至床边；
愿离去的暮色把所有的惊吓
都赶得远远，一直到他的母亲回来，
这样，他的母亲就不会苦于
缺少足够的睡眠。

吩咐精灵把剑握在手中，
有一些——因为我承认——
这样邪恶的事情存在，
他们图谋着要将他杀害；
由于他们知道，一些高尚的思想
以及行为会出现于他未来的时光；
他们会通过狂吠的仇恨，
把那一切化成齑粉。

虽然你从每一天的虚空中

制造出一切，并教会晨星
怎样放开歌喉，声声婉转，
你缺乏那种清晰的语言
去说出你最简单的需求，要知道
在一个女人的膝上痛哭嚎啕，
是血肉之躯的
最丢人的事。

当城市里到处奔动
你的敌人的仆从，
除非撒谎的是《圣经》，
一个女人和一个男人
急冲冲走过平坦和险阻，
走过肥沃和荒芜，
保卫着，用人的爱
直到危险再不存在。

丽达与天鹅①

猝然猛袭：硕大的翅膀拍击
那摇摇晃晃的姑娘，黑色的蹼爱抚
她的大腿，他的嘴咬住她的脖子，
他把她无力的胸脯紧贴他的胸脯。

她受惊的、意念模糊的手指又怎能
从她松开的大腿中推开毛茸茸的光荣？
躺在洁白的灯心草丛，她的身体怎能
不感觉卧倒处那奇特的心的跳动？

腰肢猛一颤动，于是那里就产生
残破的墙垣、燃烧的屋顶和塔巅，
阿伽门农死去。

因为这样被征服，

---

① 按照叶芝神秘的象征主义体系，历史的每一循环为两千年。每一循环都由一位姑娘和一只鸟儿的结合开始，从公元起这两千年是由玛丽和白鸽（即圣灵怀孕说）引出的。众神之王宙斯变形为天鹅，使丽达怀孕产了两个蛋。蛋中出现的是海伦和克莱提纳斯，海伦的私奔引起了特洛依战争，而克莱提纳斯和奸夫一起谋杀了她的丈夫阿伽门农。叶芝把丽达和天鹅的结合作为历史的开端来写，使这首诗有了丰富的象征内涵。

这样被天空中野性的血液所欺凌，
在那一意孤行的嘴放她下来之前，
她是否用他的力量骗得了他的知识？

在学童中间①

一

我从长教室走过，提着问题；
回答我的是和蔼的老修女，戴着白头巾；
孩子们学做算术，练唱曲子，
还要读种种读物和历史课本，
学剪裁、学缝纫，一切都得整洁，
样式更要时髦——孩子们的眼睛
由于片刻的好奇，牢牢地盯住
一位微笑的、六十岁的头面人物。②

二

我梦着一个丽达那样的身影③，

---

① 1926 年叶芝参观了一所修女学校，他自己终生追求的对象茅德·冈当年也就像这些学童中的一个，由此触发了灵感，写成这首诗。

② 即叶芝本人。

③ 在希腊神话中，宙斯化形为天鹅，与美女丽达发生关系，生下海伦和克莱提纳斯，此处暗指茅德·冈，参见《丽达与天鹅》的注。

俯在残火上，讲着一个故事：
粗暴的责备，或小小的事情
使得童年的一天变成了悲剧——
这一讲，仿佛我们两颗心灵
因为青春的同情交融到了一起；
或者，把柏拉图的比喻改一改①，
成了一个蛋壳中的蛋黄和蛋白。

三

想起了当年那一阵子悲伤或怒气，
我看着这里一个又一个的学童，
纳闷她此年纪是否也曾这样站立——
因为天鹅的女儿也会继承
涉水的飞禽的每一份素质②——
也会有同样颜色的秀发和面容，
这样一想，我的心跳得多快；
她站在我前面，一个活泼的小孩。

---

① 在柏拉图的《对话录》中，有人这样解释爱情：人最初是四手、四脚，
一个头有两张脸，后一分为二，但每一个人都向往着他（她）的另外一半。海伦
是从一只蛋里出来的，也为叶芝的比喻提供了一种内涵。

② 此处指海伦和克莱提纳斯既是美人，又是带来不幸的人，也有影射茅
德·冈的意思。

四

她现在的形象飘进了我的脑中，

是十五世纪艺术大师所造①——

她两颊深陷，仿佛畅饮着风，

用一堆影子来把自己填饱。

我虽然从不是丽达那样的品种，

也曾有过漂亮的羽毛——好了，

远不如用微笑报以微笑，来表明，

舒舒服服地活着一个老草人。

五

一个年轻的母亲，膝上紧抱

生殖之蜜②所泄露的一个形体，

他必须睡呀，叫呀，挣扎着逃掉，

按照记忆或药物来决定一切，

当她瞥见，六十多个冬天来到

---

① 这里指茅德·冈老年时的情况。

② 叶芝自己有个注："我是从波菲利（古希腊新柏拉图派哲学家，约公元232—305年）的《仙女洞》一文中采用'生殖之蜜'这个词的，但没有在他的文章里找到他为什么把它看作摧毁人出生前自由的'回忆'的药物。"下面几行是根据这样的传说写成的："生殖之蜜"抹去了生前的幸福的回忆，把一个孩子生到了世界上，如果"生殖之蜜"即刻见效，孩子就睡了，如果未能马上起作用，孩子还得"挣扎着逃掉"过去的回忆。

那个形体的头上，她会不会觉得她儿子

已报答了她生他时的痛苦，

或未卜的前途对他的祝福？

六

柏拉图以为自然不过是泡影①，

在幽灵般的事物变幻图上嬉舞；

坚实的亚里士多德把鞭子挥个不停，

抽打着那万王之王的屁股，

全股骨的毕达哥拉斯②举世闻名，

拨弄着琴弓或琴弦，算出

哪一颗星星歌唱，无心的诗神听到了，

旧拐杖裹着旧衣服，去吓飞鸟③。

七

修女们和母亲们，都崇拜偶像④，

---

① 柏拉图以为自然是最高精神实质的表象，亚里士多德则更坚实，因为他相信形式存在于自然之中，这样自然是有实质的。亚里士多德是亚历山大大帝的教师，可能曾用鞭子管教过他。

② 毕达哥拉斯是公元前六世纪的希腊哲学家，擅长于数学研究。他的学生们对他十分崇敬，以为他是一位长着全股骨的神，并发挥出一套关于数的关系的神秘主义哲学。

③ 这行诗是说这些哲学家的理论只是吓鸟儿的草人。

④ 修女崇拜耶稣的偶像，母亲崇拜她孩子的偶像。

但那些烛光照亮的面容不能

像激起一个母亲的遐想的偶像一样，

而只是使石像或铜像保持安静，

但它们也叫人心碎——存在的众生相，

激情、虔诚、慈爱所熟悉的事情，

还有天国的光荣所象征的一切——

噢，人类事业对自身嘲弄不已。

八

劳作也就是开花或者舞蹈①，

那里，不为了取悦灵魂而擦伤身子，

美并非为它自己的绝望所制造，

模糊的智慧无法来自熬夜的灯里。

噢根子粗壮的栗树，枝头含苞，

你是叶子、花朵抑或树的躯体？

噢随着音乐摆动的身体，明亮的眼睛，

我们怎样区分舞蹈和跳舞的人？

_____

① 叶芝把生活看作宇宙的舞蹈，在这样一个舞蹈中人的每一种能力都和谐地参加了进去。就像舞蹈者变成了舞蹈的一部分，每一个人都卷入了这一过程，叶芝把宇宙的舞蹈观视为调和日常生活中对立面的一种方法。

英雄、姑娘和傻瓜

姑娘：我对着自己在镜子中的形象生气，
　　　它与你夸奖时的那个形象全两样，
　　　仿佛你夸奖的是另一个，或甚至
　　　赞扬的是我的反面，将我奚落一场；
　　　到了早上我醒来时，我怕我自己，
　　　因为心在高喊；欺骗赢得的东西
　　　必将保持着残忍；因此听警告走开，
　　　如果你看到的是那个形象，而不是女人。

英雄：我对我自己的力量生气，因为
　　　你曾爱过我的力量。

姑娘：如果你不强，就像我也不美，
　　　我不如找个修道院去做尼姑；
　　　一个尼姑至少有所有男人的尊敬
　　　而且不需要残忍。

英雄：我听到一个人说，
　　　男人尊敬的是她们的神圣，

而不是她们自己。

姑娘：说下去，说下去，
　　　只有上帝因为我们自己而爱我们，
　　　可对男人的爱的渴望，我在乎什么?

路边傻瓜：当所有的工作，
　　　　　从摇篮走向坟墓，
　　　　　或从坟墓走向摇篮；
　　　　　当一个傻瓜绕在
　　　　　一只线轴上的思想
　　　　　只是松松的线，只是松松的线；

　　　　　当摇篮和线轴都已成为过去，
　　　　　我最后也只是一道影子，
　　　　　事物的凝固剂，
　　　　　像风那样透明，
　　　　　我想我也许会找到
　　　　　一个忠诚的爱情，一个忠诚的爱情。

一个年轻又年老的人①

一 初恋

虽然像驶去的月亮一样
在美的残忍的一家子中成长，
她，一会儿脸红，一会儿款步，
久久伫立于我的道路，
于是我认为她胸中
有一颗血肉之躯的心。

但自从我把手放在她心上，

---

① 诗由一系列有内在联系的意象组成：月亮、岩石、折断的树，还有——令人惊讶地——一声尖叫。《一个年轻又年老的人》把青年熟悉的爱情经历与老年熟悉的爱情经历加以对比，青年人的诗（前面四首），表现那个铁石心肠的女人（作为月亮女神的茅德•冈）。她能使她的爱人发疯，头脑里再无一点思想，就像月亮使天空中再无星光（因为月光比星光明亮），爱人被她变形了。他在第二首诗《人的尊严》里写到"像一块石头"躺在折断的树下，而她在一种夜的光辉中驰过。虽然某个生物（一只飞过的鸟）的尖叫能使他摆脱出来，他还是选择了沉默的庄严。在第五首诗《空杯子》中，也就是老年人的第一支歌中回忆了那个疯子"受到月亮的诅咒"。青年，他在另一个女人身上找到了他的初恋对象所拒绝的沟通，但即使是和那另一个女人在一起，他还是不敢饮那爱情之杯。现在都忘了，杯子"干得就像一块枯骨"……在第六首诗《他的回忆》中他相当来劲地声称，那个

发现那原来只是铁石心肠，

我已尝试过许多事情，

但没有一件能圆满地做成，

因为每只在月亮上

旅游的手都是疯狂。

她莞尔一笑，使我变形，

使我成了一个闲人，

在这里彷徨，在那里彷徨，

头脑空空，没有一点思想，

就像天国的星星，在马戏场中

月亮已驶去时那般光景。

二　人的尊严

她的亲切就像月亮，

女神一样的形象（现在是海伦了，这是叶芝最喜欢用的茅德·冈的对应人物）曾使青年的他发疯。他揭露，她事实上也进入了听不到尖叫的寂静，"对着这只耳朵说'揍我，要是我尖叫不已。'"

第七首诗《他青年时代的友人》中已是嗓音沙哑的疯老头在鼓着圆圆肚子的月亮下大笑（戴了叶芝为他自己制作的疯子面具），老玛奇也在月光下走到了他身边，但她现在也疯了，在怀里抱着一块石头想喂养尖叫的彼特——青春的又一个面具，老人笑得眼泪滚下了脸庞，"想起了她的叫喊是爱情，/他的叫喊出自骄傲的心。"

第八首诗又回到那折断了的荆棘树下的重要的夜晚，爱人们谈了半夜后又躺在相互的怀抱里，仿佛使那棵枯树重新恢复了生命："曾有过怎样的新芽绽开，/有过怎样的花朵怒放……"，但现实不是在于消失了的春天和夏天，而是在于老年人

如果我能将那其中少了
理解的东西称为亲切，
但尽管如此还是一样，
仿佛，我的悲哀是一片布景
画在一堵墙上。

于是我躺着像一块石头，
在一棵折断的树下，
如果我能对飞鸟
尖声嘶叫我心中的痛苦，
我就能恢复过来，但我无言，
因为人的尊严。

三　美人鱼

美人鱼看到一个游泳的少年，

的冬天……在第九首诗《老人的秘密》里，老玛奇承认她也曾回报了他的爱，共
享的爱情是结尾时的主题，在荆棘下"稻草床褥的故事"属于那对"爱了许多年"
的人，但他们只做爱了一次，"鸭绒床褥的故事"属于那对只爱了一年但一年到头
都在做爱的人。

　　然而现在他与人分享过的床却被扫进了过去的垃圾（第十首《他的狂野》），
于是老人在诗中形孤影单，又一次转向那些充满意义的意象，想把它们汇合在自
己身上（所以列举了云一般的海藻，孔雀的叫声，石头等意象）。最后一首是叶芝
翻译的《在考勒诺斯的俄狄浦斯》中的合唱部分，仿佛要从那只能给老人带来
痛苦的"青年时代的欢乐"的记忆中解脱出来。尖叫结束了，欢笑的舞蹈者拥在
"回声久漾的街上"，把新娘带入新郎的房间，还有充满象征意义的一吻——"那
结束了或短或长的生命的默默一吻。"

将他挑选为自己的伴侣，
她的身躯紧紧贴着他的身躯，
咯咯笑着，猛地往下潜，
在残忍的幸福中却忘记，
甚至爱人也会淹死在水里。

四　野兔之死

我放出一群狂吠的猎狗，
野兔奔奔跳跳逃入树林；
就像一个情人，一片欢欣，
我说了一句得意的话，
说那无力地合起的眼睛，
说那一堆子血肉模糊。

瞅见她发狂的样子，
我的心突然一下子缩紧，
我想起丧失了的野性，
还有以后，从这里扫走的血痕。
于是在树林中我久久独立，
因为野兔之死心绪低沉。

五　空杯子

一个疯子找到一只杯子，

当时他几乎快要渴死，

却不敢湿一湿他的嘴，

他幻想着：受到月亮的诅咒，

再满满地喝上一口，

他狂跳的心就会迸裂。

去年十月我也找到那只杯子，

但发觉它干得就像一块枯骨，

因此我也发了疯，

我的睡眠无影无踪。

六　他的回忆①

我们应该躲起，不让他们看见，

因为只是一幕幕圣剧上演，

破碎的身体像一根荆棘，

凄凉的北风吹在上面；

想一想那埋下的赫克托②，

没有活着的人知道滴点。

对于我做的或说的一切，

女人们如此不加重视，

---

①　诗中说话人回忆的内容是和特洛伊战争有关的，参看荷马的史诗《伊利亚特》。

②　希腊神话中特洛伊的名将，后为阿喀琉斯杀死。

她们宁可摒弃给她们的爱抚，
去倾听一头笨驴一声声嘶，
我的手臂像弯曲的荆棘，
但好处也就在这里。

整个部落的头都躺在那里，
而且获得了这样巨大的乐趣——
她使伟大的赫克托殒命尘埃，
把特洛伊变成了一片废墟——
于是她对着这只耳朵说：
"揍我，要是我尖叫不已。"

七 他青年时代的友人

笑声，而不是时间，毁了我的嗓音，
在里面添上了那条裂缝，
当月亮鼓着圆圆的肚子，
我笑得直喘不过气；
老玛奇走下那条小巷，
一块石头在她的胸上，
一件斗篷把石头裹起，
她一点儿都得不到休息，
只顾得上哼着"轻轻呵，亲亲"——
她可是一个疯野过的人，

如今像逝去的波浪一样凄切，
以为那块石头是个孩子。

还有彼特——他一度干过大事，
曾是一个拼命往上走的男子，
如今嚷着"我是孔雀之王"，
俯身蹲在一块石头上，
我笑得眼泪直往下淌。
于是，心儿捶打起我的胸膛，
想起了她的叫喊是爱情，
他的叫喊出自骄傲的心。

八　夏天和春天

我们坐在一株老刺树下，
聊着，聊着，度过那个长夜，
谈着自从我们出生以来
那曾做和曾说的一切。
我们讲到我们怎样成人，
知道我们把灵魂一分为二，
把一头放入另一个的怀抱中，
这样我们又可把它合二为一；
于是彼特显出一副凶狠的样子，
因为，看来他和她呀，

就在这株树下，一起
谈到过他们童年的日子。
噢，曾有过怎样的新芽绽开，
有过怎样的花朵怒放，
当我们有着所有的夏天的时间，
她有着所有的春天的时间！

九　老人的秘密

我现在有了老年女人的秘密——
她们都曾有过年轻女人的秘密；
玛奇说出了我热血沸腾的
年华里想都不敢想的内容，
那曾使一个爱人没顶的一切，
如今听上去像支古老的曲子。

要是玛格蕾挡了玛奇的路，
准会给揉得一句话都说不出，
我们三个人克服了孤单，
因为今天活着的人中间，
没一个知道我们知道的故事
或者说我们说的故事。

在已消失的男人中，

那一个男人怎样最讨女人的欢心，

这样一对伴侣爱了许多年，

可这样的一对仅仅是一对，

稻草床褥的故事，

鸭绒床褥的故事。

十　他的狂野

噢吩咐我登上去，攀上去，

在云一般的海藻里，

因为派格、梅格，还有帕黎斯的爱人，

曾有这样挺直的腰背的爱人，

已经逝去了，一些留下来的，

已把她们的丝绸换了麻袋。

要是我在那里，无人倾听，

我要让一只孔雀啼叫声声，

对于一个在记忆里

过日子的人，这是自然的事；

单身一个，我宁可将一块石头哺育，

对它唱上一支摇篮曲。

十一 选自《在考勒诺斯的俄狄浦斯》

接受上帝给予的生活，别要求得更多，
风尘仆仆的老年人，再不要去记青春的欢乐，
欢乐变成死亡的渴望，如果其它渴望都无结果。

甚至从那记忆所珍视的欢乐中，
出现了死亡、绝望、家庭的分裂、人类所有的纠纷，
就像到处流浪的老乞丐和上帝痛恨的顽童所知道的情形。

在回声久漾的街上，欢笑的舞蹈者挤成了一团，
在火炬和激动的歌声中，新娘给抬进了新郎的房间，
我庆祝着那结束了或短或长的生命的一吻，一吻默默无言。

从来就没活过是最好的事，古代的作家声称，
从来就没吸过生命的气息，没看到白天的眼睛，
其次的好事是说一声欢快的晚安，立刻就转过身。

象　征

风雨剥蚀的古老的瞭望塔上，
一个瞎眼的隐士把钟点敲响。

那毁灭一切的利剑仍由
到处游走的傻瓜捧在手。

绣金的丝绸在剑上
美和傻瓜一起卧躺。

泼了的牛奶

我们曾经做过和想过的，
曾经想过和做过的，
必然漫开，渐渐地淡了，
像泼在石头上的牛奶。

十九世纪以及之后①

虽然伟大的歌再也不会回返，
在我们现有的东西中仍有欢乐所藏；
砾石在海滩上嗒嗒地响，
响在那消逝的波浪下面。

三 个 运 动^①

莎士比亚的鱼在海洋里游，远离陆地；
浪漫主义的鱼在快要到手的网里游；
这些躺在海滩上喘气的又是什么鱼？

———————————

① 这首诗更显然指的是文学，尤其是最后一行，常为人们引用，作为现代
文学窘境的写照。

柯尔庄园，一九二九年

我凝神看一只燕子飞行，

飞到一个老妇人和她的房子上，

夜色中消失了大枫树和菩提树荫，

两边的云彩却依然熠熠闪亮。

伟大的作品在自然的敌意中构成，

为我们身后的学者和诗人，思想

久久编织着，编成了一个思想，

一种舞蹈般的光荣建成了这些高墙。

那里，在海德把缪斯佩带的①

高贵的刀剑铸成文章之前，

那里，一个人兴风作浪，一副大丈夫气概，

尽管内心多么怯懦；那里慢性子的人，

沉思的人，约翰·沁弧，还有这些乱来的、

急性子的人，萧·泰勒和休·兰耐②；

---

① 道格拉斯·海德（1860—1949），爱尔兰政治家，曾任爱尔兰共和国第一任总统。

② 此处提到的两个人生卒不详，似乎也是爱尔兰争取独立运动中的人物。

海德发现骄傲建立在人性之中，
一个杰出的剧团，一套出色的布景。

他们像燕子一样来，像燕子一样去，
但一个女人有力的性格真能
使一只燕子追逐最初的目的；
还有五六个在那里把目的形成，
仿佛在罗盘仪上旋转，旋转不已，
又在梦幻着的空气上找到了肯定性，
这一道道线的智性上的甜蜜无比，
划过了时间或反方向地又划了一次。

这里，旅人、学者、诗人，请你们站稳，
当所有这些房间和通道都已消失，
当荨麻像波浪一样拍打坍了的丘陵，
还有树荫开始把根插在破碎的乱石里，
并在贡献——目光在土地上紧盯，
背就转向太阳的光彩熠熠，
影子所有的肉感上动人的地方——
给那戴着桂冠的头脑片刻的回想。

柯尔庄园和巴力里，一九三一年

在我的窗台下，水湍急地流去，
水獭在下面，水鸟在上面翻飞，
在苍穹下，水亮晃晃地流了一里，
然后在暗淡的拉夫特里洞，渐渐黯黑，
流入了地下，在柯尔领土的乱石丛中
渐渐升起，在那里告一段落，
扩成一片湖，涓涓滴入一个洞。
水，除了是新生的灵魂，又是什么？

在那片湖畔，有一座树林，
冬日的阳光下，一根根枝条燥干，
我伫立着，仿佛披着山毛榉的斗篷，
自然已穿上了它悲剧性的高跟靴①，
所有的狂言是我情绪的一面镜子，
听到向上飞去的天鹅像雷声一般，
我转过身，凝视那些树枝，
仿佛折断了涨起时湖水的璀璨闪烁。

---

① 在一些古代戏剧中，悲剧角色是穿半高跟靴的。

又一个象征！那雪白的东西
仿佛是苍穹的一种凝神，
就像灵魂，驰入了视线里，
在黎明消失了，无人知道原因；
它把知识或知识的缺少
所搞错了的东西纠正，如此可爱，
如此高傲的纯洁，一个孩子真会感到
用一滴黑水就可将它杀害。

地板上一根棍子的声音，一种来自
一个在一张张椅子上苦干的人的声响，
到处是那些赫赫有名的手装订的书籍，
古老的油画，悠久的大理石头像，
辉煌的房间，孩子与饱经风霜的成人
找到了满足或欢乐：一个最后的继承者
那里缺少名字或名誉，或从愚蠢
又进入愚蠢的人，从未能统领过什么。

一个地点，那里创建人活过又死了，
再一次显得比生命可亲，古老的树荫
或者是花园，充满了辉煌的记忆，
种种婚姻，结盟或者是家庭，
每一个新娘的雄心都得到了实现，

那里消失了时间或仅仅是狂想，
我们苦思冥想——所有耗去了的辉煌灿烂，
就像某个贫穷的阿拉伯部落人和帐篷。

我们是最后的浪漫主义者——把传统的
神圣和爱情选作我们的主题，
无论用什么诗人名字写下的内容，
都是民族的书，还有那使得韵律
优美高雅或给人心灵祝福的一切，
但一切都变了，再无骑士在那高大的马上，
尽管马依然披着荷马骑过的马鞍子，
那里，天鹅漂游在暗淡的水上。

■ 莫奈《夜色中的睡莲》

夜色中向着你歌唱，
远方，河水正在流淌。

名家诗歌典藏

致安妮·格雷戈里

"从来不会有一个青年，
因为那散披在你耳旁的
蜂蜜色的墙一样的头发，
而深深地陷入绝望，
只是为了你自己而爱你，
而不是为了你的头发金黄。"

"但我能把头发染一染，
把这许多颜色都染上，
棕色，或黑色，或红色，
那绝望的年轻人也许会想，
爱我只为了我而爱我，
而不是为了我的头发金黄。"

"我听到一个虔诚的老人
昨天夜里在庄严地宣讲，
他找到了一段经文证明，
我亲爱的，上帝才有力量，
只是为了你自己而爱你，
而不是为了你的头发金黄。"

选　择

人的智力呵，不得不去作选择，
生活的完美，或是工作的完美，
如果选择了后者，就必须割舍
天堂似的大厦，在黑暗中暴跳如雷。
当那个故事结束，什么是新闻？
交运或背运，劳作留下了印记：
老年的困惑，一只钱包的空空，
或白天的虚荣，夜晚的悔意。

踌　躇

一

在极端和极端之中
人走完了他的历程；
火炮，或火热的呼吸
都会来摧毁、来消灭
白天和黑夜
的自相矛盾；
身躯称它为死亡，
心儿称它为悔恨。
但如果这些话是对的，
什么又是欢欣？

二

一棵树伫立着，在顶端的树梢间，
半是熠熠的火焰，半是葱葱的绿荫，
茂盛的枝叶上闪烁着露珠点点；

一半只是一半，但又是景色一片；

一半和一半耗去它们重生的一切，

他——阿提斯①的意象悬在瞪视的愤怒

和绿得耀眼的团团绿叶中，

也许不知道他知道什么，但不知道悲痛。

三

获得你能获得的黄金和白银，

满足一下野心，使琐碎的日子

充满生气，再用阳光冲撞它们，

但是想一想这些格言：

所有的女人都宠一个闲人，

尽管她们的孩子需要产业丰殷，

真正的过来人决没有一份

孩子的感激和女人的爱情。

再不要陷在忘河旁的枝叶里，

开始为你的死亡作好准备，

凭着那个思想，从第四度冬天起，

考验每一件智慧或信仰的作品，

---

① 希腊神话中为女巫西比尔所爱的一个青年，因为受不了她的忌妒，就摧残自己，后被变成一棵松树。

你自己的手做成的每一样东西。
把那些作品称作言语的夸张，
对那些骄傲的、眍着眼笑嘻嘻
走向坟墓的人，这些作品可不适宜。

四

我第五十个年华来临了又去远，
我一人端坐着，形影孤单，
在伦敦一家拥挤的店里，
那张大理石桌子上置着
一本打开的书和一只空杯子。

当我凝视着店铺和街道，
我的身躯突然开始熊熊燃烧，
大约持续了二十分钟吧，
我的幸福是如此巨大，
我受到祝福，也能把祝福施加。

五

虽然夏日的阳光
为天穹的云叶涂上了金，
或者冬日的月光

映照着风雨蹂躏的田野景象，

我无法对它们瞧一瞧，

责任已压弯了我的腰。

多少年前说的或做的事，

或我没做也没说的事，

但想到本来可说或做的事，

使我沉重不堪，不仅仅是这一天，

但某件事是回想起了，

我的良心或虚荣充满恐惧。

六

一片水田在下面展开，

新割的稻草，阵阵芳香

在他的鼻孔中，周天子高嚷，

高嚷着，跺掉身上的山雪：

"让一切都过去吧。"

乳白色的驴子拉动的轮子，

经过巴比伦或尼尼维①

升起的地方，一个征服者

---

① 古代亚述的首都。

收住缰绳，对饱经战火的士兵讲：

"让一切都过去吧。"

从人们鲜血浸透的心里

出现了黑夜与白天的这些枝干，

绚丽的中午就挂在这枝干上，

这歌儿全部的意思是什么？

"让一切都过去吧。"

七

灵魂：寻找实在，别去管那些仿佛如此的事。

心：什么，一个天生的歌唱家缺少一个旋律？

灵魂：以赛亚①的煤，人们还能期望什么东西？

心：在火焰的纯洁中惊得张口结舌！

灵魂：看着那火焰，拯救在其中迈开步子。

心：除了原罪外荷马还能有什么主题？

八

我们是多么相像，相信圣人的奇迹，

---

① 《圣经》中的预言家。

尊重神圣的义务，冯·林格尔①，我们真得别离？

圣特莱莎的躯体躺在坟里尚未腐败，

浸在神奇的油里，甜蜜蜜的芳香从中传来，

在刻了字的石碑里站着。这同样的手

也许使一个曾掘出法老的木乃伊尸首的

现代圣人永垂不朽。哦——虽然心儿找到慰藉，

我变为一个基督徒，并把那在坟墓里

最受欢迎的选为我的信仰——扮演了预定的角色。

荷马是我的榜样，还有他不曾基督教化的心儿，

狮子和蜂窝，《圣经》上又是怎样讲？

于是你走了，冯·林格尔，祝愿伴在你身旁。

---

① 似为一德国男子的名字，此处所指不详。

拜 占 庭

白天种种未曾净化的形象消失了，
皇帝醉醺醺的士兵躺倒了身子，
夜游者的歌，夜的回响渐渐退降，
随着大教堂的锣声铿锵。
星光或月光照耀的拱顶鄙视
人所是的一切，
一切仅仅是各种各样的复杂性，
人的血液中的污泥和愤恨。

在我眼前飘来一个形象，人或影子的模样，
比人更多的影子，比影子更多的形象，
因为裹在木乃伊尸体里的冥府线筒
也许会展开那条曲折的路径，
一张没有湿润或呼吸的嘴，
也许会唤来喘气的嘴，
我为这超自然的现象感到欢欣，
我称它生中之死，死中之生。

奇迹，鸟或金子的工艺品，

更超过了鸟或工艺品的奇迹，
栖息在星光下的金色枝头上，
像地狱里的公鸡一样能够啼响；
或者，苦于月光在不变的
金属的辉煌中，高声嘲讽
普通的鸟或花瓣芳馨，
以及一切泥土或鲜血的复杂性。

午夜，在皇帝的地板上晾着；
那种不需柴火的火焰，既无刀剑闪烁，
也无风暴扰乱，火焰中生出了火焰熊熊，
那里，血中诞生的精神来临，
狂想的一切复杂性离去了，
死在一种舞里。
一种痛苦的出神缓缓，
一种不能烧焦一只袖子的痛苦的火焰。

骑在海豚的污泥和血液上，
精神追逐着精神，铁匠分开波浪，
皇帝的一个个金匠，
跳舞地板的大理石闪亮，
粉碎了复杂性的痛苦愤怒，
这些意象又一度
产生出新的意象，
撕碎的海豚，锣声不断的海洋。

老年的争吵

她的甜蜜去了哪里？
那种狂热的奇想
在这个瞎了眼的痛苦的城市里，
不值得一想的
狂热或偶然
使她勃然大怒。
我原谅了老年，
我原谅得够多了。

所有已生活过来的生命，
这一点算是无疑：
古老的圣人没有受骗，
在歪曲的日子的
窗子后的一边，
生活着那孤独的东西，
在这些瞄准了的眼睛前
闪烁，像春天一样漫步前去。

思想的结果

一个个相识，一个个伙伴，
一个个亲爱的、了不起的女人；
天赋超群，主所选择的人，
全都毁于他们的青春；
所有的人，所有的人，都给
那无人性的
痛苦的荣誉摧残了。
但我活下来了，尽管
废墟、残骸还有沉船，
长年累月，我埋头苦干，最后
我终于获得如此深刻的思想，
我能再度鼓起
他们全部有益的力量。

这些意象是什么——
目光暗淡地转向一边，
或卸掉时代的负担，
伸直年迈的双膝，
犹豫或者留恋，
哪些头摇，哪些头点？

也许配音乐的词

(疯简组诗节选)①

一　疯简和主教

把我带到那残损的橡树旁，

这样，当午夜的钟声敲响，

(一切人都在坟墓里找到安全。)

我会对他的头颅咒个不停②，

---

①　叶芝在一封信里谈到了"疯简"这个人物的由来。"她或多或少是根据一个住在考特附近村庄里的老妇人塑造成的……她热爱她的花园——尽管季节不对，还是给格雷戈里夫人送来了花——她讲起话来无所顾忌，令人惊讶不已……她是当地的讽刺家，而且是一个十分可怕的讽刺家。"叶芝围绕着"疯简"这个形象写了一组著名的诗。作为一个总的思想，叶芝试图阐明智慧也许是在傻子和乞丐身上（如"疯简"），而不是在正统人物身上（如"主教"）。

诗有着内在的情节，《疯简和主教》以及其他几首诗似乎暗示了这样一个故事：疯简年轻时曾被杰克和那个当时尚未成为主教的青年爱过，但杰克赢得了她的身体，也赢得了她的爱情。主教把杰克放逐了，但疯简依然忠于杰克，主教来时，她就吐口水。《末日审判时的疯简》则作出了疯简的反驳，爱必须是精神和肉体的。她死后，宁肯不去天国，而让灵魂在地上徘徊，与爱人相逢。

读者可把这些诗联系起来看，但每首诗单独看也是有自己的意义的。

《一个姑娘的歌》写姑娘没看到恋人，仅看到一个倚着手杖的老人，哭了，因为她想到她的恋人有一天也会变老。

②　"他"指的是主教。

因为我的杰克，死了的亲人，
纨绔浪子是他谈得最少的事情。
结实的人，爱打扮的人。

当他的禁令把老杰克赶掉，
他还不是一个主教，
（一切人都在坟墓里找到安全。）
甚至不是一个教区牧师，
可是他，拳头捏着一本书，
痛斥我们像禽兽一样过日子。
结实的人，爱打扮的人。

主教身上的皮肤呵，上帝知道，
皱得多象一只鹅的脚，
（一切人都在坟墓中找到安全。）
神圣的黑法衣藏不住
他那苍鹭似的驼背，
但我的杰克站得像一棵桦树。
结实的人，爱打扮的人。

杰克得到了我的处女身，
杰克吩咐我到那棵橡树去
（一切人都在坟墓中找到安全）

因为他夜里要漫游，活活腿①，

而橡树下可以遮一遮。

但另一个人来，我就吐口水。

结实的人，爱打扮的人。

三 末日审判时的疯简

"要是爱情不能使

身体和灵魂合一，

爱情就只能是

没有完全满足。"

那是简所说的话。

"如果你接受我，

你就得忍受坏脾气。

我会嘲笑、斥责、怒视，

一连好几个小时。"

"那是当然如此。"他说。

"我躺着，赤身裸体，

青草就是我的床，

赤身裸体，又隐藏起，

---

① 在爱尔兰民间传说中，进不了天堂的人死后就在大地上漫游。

在那黑暗的一天里。"
那是简所说的话。

"什么可以显示
什么是真正的爱情，
要是时间能够消失
一切都会知晓或显示。"
"那是当然如此。"他说。

四　疯简和雇工杰克

我知道，虽然当目光相逢，
我全身骨头都在抖动，
我越是把大门敞开，
越是快地消失了爱情；
因为爱情是一束未展开的线，
在黑夜和黎明之间。

那个鬼魂可真是孤零零——
假如他是走向上帝的鬼魂；
我——爱情的线在地上，
我的身躯在坟墓中——
将一下子跃入消失的光，
跃入我母亲的子宫。

但要是我能独自躺着，
躺在一张空空的床上，
那束线绑着我们，魂贴魂
当他把他的头转个方向，
那个夜晚他在路上走过，
我死了的身子也一样徜徉。

八　一个姑娘的歌

我独自走出了门
唱上一两支歌，
我爱上了一个男人，
你知道他是哪一个。

走来的，是另一个男子，
他用一根手杖
把自己身子挺直；
我坐下哭了一场。

这样我就把歌儿唱尽，
当每一个内容都已讲到，
我看到一个老年人年轻，
或是一个青年人年老？

十七　长时间沉默后①

长时间沉默后讲话了，这不错，

其他的情侣们都死去了或疏远了，

灯罩下藏着那不友好的光线，

窗帘遮住了那不友好的夜色，

我们正好能细细地议了又议，

把艺术和诗歌这至高的题目议论：

身体的衰老是智慧；年纪轻轻，

我们曾经相爱而其实无知。

---

① 这首诗是叶芝自选诗中必选的一首。诗是写给莎士比亚夫人的。描绘了人们具有讽刺意味的痛苦：年老而无力的智慧总是在年轻而无知的激情之后来临。

一个年轻又年老的女人①

一 父亲和孩子

她听到我敲着木条讲，
不许她与任何好男人
和好女人沆瀣一气，
因为人们把她与一个
臭名昭著的男人联在一起；
于是她作出了回答，
他的头发无比漂亮，
眼睛像三月的风一般冷。

二 创世之前②

要是我把眼睫毛涂黑，

---

① 这组诗是顺着女主角从小到大的年岁写的。在《父亲和孩子》中，她还是第一次感到男性的美，这组诗一共十一首。

② 这首诗里女孩子依然十分年轻，她在镜子前试着她的化妆品，试图为她理想中的自我造出一副面具。她把爱情看成一种欺骗——一种艺术——把她的爱人骗来爱她想象中的自我。

我的眼睛更加有神，
我的樱唇更为鲜红，
或问一下是否一切都行，
从一面镜子到一面镜子；
丝毫不显一点虚荣，
我寻找着在这个世界
创造出来之前我有过的面容。

如果我把一个人看成
仿佛是我的爱人一般，
而我的血液却是冷冷，
心儿毫无所动，那又怎样？
为什么他要觉得我残酷
或认为他遭到了背弃？
我要让他爱这个世界
创造出来之前就是的那种东西。

三　第一次坦白①

我承认，在头发里
缠着的野蔷薇花儿
没有给我一点疼痛，

---

① 女孩子第一次体验到了肉体的爱情，但她更醉心于男人的殷勤。"黄道带"此处是大地的意思，只是她担心空虚的黑夜会给她自己也带来空虚。

我的颤抖和恶心
只是掩饰感情，
只是卖弄风骚。

我渴望真理，只是
我不得不去
做我更好地自我否认的事情，
因为，一个男人的殷勤，
给我骨头中的渴望
带来了如此的欢畅。

我从黄道带中
拉回来的光明，
为什么这些闪烁着
疑问的眼睛盯住我？
如果空虚的黑夜作出答复，
他们除了躲我，还能做什么？

四　她的胜利①

在你来临之前，我履行了龙的意志，

---

①　这是一次真正的爱情。在西方文化中，"龙"是邪恶的象征，她在遇到他之前，只是逢场作戏，圣乔治是基督教传说中杀死恶龙的圣人，帕修斯是希腊神话中宙斯和纳娜的儿子，他砍下了恶魔梅杜莎的头。这里是说他把她从邪恶中解放出来了，最后两行写获得真正爱情的心境。

因为我把爱情想象为随随便便的

逢场作戏，或者我让手绢落地，

那就一定会随之而来的一场游戏。

这些是最好的行为，给了时间翅膀，

要是它们还给了时间智慧，就是天国的乐舞，

然而你站在围成一圈的恶龙中央，

我疯狂地嘲笑着，但你征服了，

砸碎了锁链，使我的脚踝得到解放，

圣乔治或是一个异教的帕修斯——

而现在我们惊讶地瞪视着海洋，

一只奇迹般奇特的鸟儿向我们啼。

五　安慰①

噢但愿圣人们所说的

那些话中有智慧；

可是把身躯舒展一下，

再放下头来睡，

然后我告诉圣人们，

哪里人们得到安慰。

---

①　这首诗探讨了爱情是怎样带来"智慧"的。女主人公意识到夏娃和她自己的"原罪"，因此是不可避免地要死亡的，然而人的这种局限性又只有在爱情中才能够忘却，这就是一种安慰。

我从来没想到过

激情能如此如此深，

出生的那桩罪行竟然

毁了我们的命运？

但罪行是在哪里犯下的，

哪里人们就忘却了罪行。

六　选择①

爱情的命运是选定的，这点我懂，

努力在那飞旋的黄道带

轨迹上获得一个意象，

他刚刚碰到我的身体，

他刚刚从西方沉下，

或刚刚在我胸脯——母亲似的

午夜中，找到地上的休息，

我就得在北方的道路上把他注意，

虽然我是躺在床上，但又仿佛伫立。

---

①　这首诗比较复杂，大意是这样的：爱情最大的欢乐恰恰是在破晓——"寂静"的时刻，情人们的个性交融在一起了，"他的心仿佛就是我的心"。"黄道带已变成了一个球体"可以这样解释：爱人像黄道带上的行星一般运行，同时又像太阳围绕着他热爱的大地。（他用火焰接触到她的身体，在西方沉下，在她胸脯"母亲似的午夜中"休息，破晓时他又得升起离去，然后这种分离前的时刻——"寂静"的时刻，又使人们的存在改变了，两颗心一起漂去了。）

125

我与破晓的恐惧挣扎不已，
我把它选作我的命运！如果
一位新娘问起我与一个男子
最炽烈的欢乐，我就把
那种寂静作为一个主题，
这里，他的心仿佛就是我的心，
两颗心在神奇的溪流上一起漂去，
那里——一个学识渊博的天文家写道，
黄道带已变成了一个球体。

七 分别

他：亲爱的，我必须离去，
　　此刻黑夜合上了窥视
　　一户户人家的眼睛；
　　歌曲宣布了黎明的来临。

她：不，黑夜和爱情的鸟儿
　　吩咐所有真正的爱人休息，
　　他高声的歌儿责备着
　　白昼残酷的悄悄踪迹。

他：日光已从峰顶
　　飞快地到了另一个峰顶。

她：那光来自月亮。

他：那鸟……

她：　　　　让他唱下去吧，

我向爱情的游戏

献上我黑色的倾斜面。①

八　她在林中的幻象②

覆盖着树木的是叶子茂密葱茏，

酒一样暗黑的午夜，神圣的林中，

我太老了，再也得不到男人的爱情，

只是怒冲冲地想象，想象着我能

用较少的痛苦来满足更大的欲望，

或能发现干瘪的静脉里血液流畅，

我撕着我的身体，这样它的酒能够盖去

---

① 《分别》显然是《选择》中破晓之后的场景。尽管她的"黑色的倾斜面"有吸引力，他还是得随日光远去。

② 从这首诗开始，"她"作为一个老年的形象出现了，诗写的是一种"幻象"，但诗人运用了虚虚实实的象征主义手法，也可以有种种不同的理解。"她"仿佛来到一座树林，那里人们正在举行阿东尼斯的祭仪（阿东尼斯是希腊神话的繁殖之神，每年要死上一次，然后复活，一般的仪式都是由妇女们把阿东尼斯的模拟像撕碎，跳舞狂欢，庆祝死而复生）。"她"也加入了举行祭仪的"一队人"，但"她"发现那模拟的阿东尼斯仿佛就是"她"的情人，而且阿东尼斯正是被"她"的爱情杀死的，相互爱，又相互给予伤害。"她"认识到这一点，"身子倒下"去了。"我的心的牺牲者，又折磨着我的心"点明了爱情的双重性。尽管如此，她还是歌颂着爱情。

那会使人想起爱人的嘴唇的一切。

这以后我举起我的手指，盯着看
酒一样暗黑的指甲，或那从顶端
流到每一根干枯的手指的黑，
但是黑变成了红，火炬闪出光辉，
巨响的音乐摇撼着枝叶，一队人
在担架上抬着一个受了伤的男人，
或是拨动琴弦，随着放开歌喉，
歌唱那只给人致命伤的野兽。

所有那些庄严的女人，满脸悲恸，
披头散发，随着一支歌儿舞动，
仿佛是大师笔下的人群熙攘，
曼特尼头脑中的一个不假思索的形象——
为什么他们认为他们就永远年轻？
我盯着他的胸脯，胸脯鲜血染红，
我和其他人一起唱着我的诅咒，
突然，悲伤的蔓延把我一把猛揪。

那满是血和泥的东西，野兽撕剩的残骸
半转过身，用浑浊的目光向我望来，
虽然爱情的甜苦都已一起回转，
这些身躯——在图画中间或钱币上面，
没看到我的身子倒下，也没听到尖叫，

更不知道，唱得醉了，就像唱得醉倒；
他们带来的不是神奇的象征，
而只是我的心的牺牲者，又折磨着我的心。

九 一篇最后的坦白

哪个与我睡觉的活泼的
青年给了我最大的欢乐？
我回答说，我献出了灵魂，
深深陷进了痛苦的爱河；
但一个我用肉体爱的青年
给我最大的欢乐。

从他的怀抱中挣脱，感到
他这样的激情，我哑然失笑；
他以为我献上了灵魂，
但其实只是身体相交，
我躺在他的胸脯上笑着想：
野兽这样给野兽的也不少。

我给的只是其他那些
脱了衣服的女人给的东西，
但当这颗灵魂，它的躯体离去，
赤裸裸地走向赤裸裸地，
他发现过，还将在其中发现

别的人所不知道的东西。

给了他自己的，得到他自己的，
用他自己的权力一统，
虽然这是在痛苦中爱，
紧呵，依附得这样紧，
没有一只白天的鸟胆敢
毁灭这种无上的欢欣。

十　相遇

在戴面具者的披风和头巾中，
让老年藏起了一段时间，
各自痛恨对方热爱的东西，
我们伫立着，面对面，
"我遇到了这样的人，"他说，
"不会预示好的事件。"

"让别人尽情去吹，"我说，
"但他们决不敢瞎吹一通；
一个像我这样的人曾经
有这样一个人的爱情；
也不敢说在所有的人中间
我最痛恨这样一个人。"
"这种爱情的愚蠢的吹嘘，"

他气冲冲地说道，

"但像他这样，像我这样——

只要我们都能抛掉

这种可怜的衣服——

把一个更甜美的词①找到。"

十一　选自《安提戈涅》②

征服了——噢痛苦的甜蜜，

一个姑娘温柔的脸颊的主人——

那个富人和他的种种事务，

肥沃的田野和肥沃的羊群，

水手，饱经风雨的庄稼汉；

征服了，帕内塞斯山上的众神。

征服了，九重天空；又把

---

①　诗描写了他们最后一次相遇的情景，精神被老年的"戴面具者的披风"藏了起来，他们现在戴的是完全不同的面具，甚至他们的爱也变成了恨，然而在肉体这件"可怜的衣服"下面，也许是一个超现实的"更甜美的词"。

②　安提戈涅是古希腊俄狄浦斯王的女儿，俄狄浦斯死后，她的两个兄长为夺王位战死，克列恩王下令把战死者曝尸郊外，但安提戈涅不顾禁令，埋葬了兄长的尸体，然后自尽。安提戈涅的故事曾被写进许多作品里，最有名的是索福克勒斯的剧本。叶芝模仿这个剧本中安提戈涅的语气，作为这组诗的结尾：一方面，他暗示女主角也死了，另一方面，通过她来对人生作出总结——"征服了——噢痛苦的甜蜜"，虽然死亡总是悲剧性征服一切，但人生是又苦又甜的。第二节中描写的一些场面都是来自索福克勒斯的戏，强调了人生的辛酸，不过她还是必须歌唱的，然后"降入没有爱情的尘土"。

天国和大地抛出它们的中心，
在那同一场灾难中，
兄弟和兄弟，朋友和朋友，
家庭和家庭，
城市和城市都会抗争，
都因为追逐辉煌而发疯。

祷告我愿意，歌唱我必须，
然而我痛哭——俄狄浦斯的孩子，
降入没有爱情的尘土。

教堂和国家

诗人，这可是新鲜的事，
一件适合于老年的事；
那些暴徒把教堂和国家的
力量踩到了他们的脚下；
哦只要心中的酒流得清纯，
思想的面包变得甜津津。

那是一支怯懦的曲子，
再也不在梦中漫步不已；
如果国家和教堂是在大门上
狂吼乱叫的暴徒，又怎么样！
结果血淌成了一大片，
面包尝上去味道酸。

超自然的歌①

一 利泼在贝勒和艾琳的坟上

因为你看见我在一片漆黑的夜晚里

捧着一本打开的书，你就问我做什么。

研究并消化这个故事，把它带得远远，

带到那些人身旁，他们从未看到这苦恼的

脑袋或听到九十个年头沙哑了的嗓音。

关于贝勒和艾琳你可根本不用多谈，

每个人都熟悉他们的故事，知道什么样的树叶和树枝，

什么样的苹果树与水杉树紧紧结合在一起，

在他们的骨殖上，讲一些人们从未听到过的事。

---

① 《超自然的歌》是一组有着内在联系的组诗，组诗中的说话者利泼是个早期基督教隐士。第一首诗《利泼在贝勒和艾琳的坟上》写了地点和时间，并引出了在下面诗中进一步发挥的主题。利泼已有九十岁了，在"漆黑"的夜晚里读书，"你"则是看着到他（也可以理解为读到这首诗）的人，在利泼的身上体现出了把基督教传统和非基督教传统糅合在一起的倾向。《利泼驳斥帕特里克》涉及到了三位一体的问题，帕特里克崇拜的是男性的三位一体，即圣父、圣子、圣灵，而在利泼的眼里，无论自然的还是超自然的三位一体都得包括女人。《狂喜的利泼》写他看到（读到）"神性与神性在性的高潮中产生/神性，"经历了超验的时刻，直到"影子落下"才又回到了现实。《那里》汇集了充满神秘主义意味的形象。《利泼认

那给了他们这样一个死亡的奇迹，

把那曾一度是骨头和肌腱的东西变成了

纯而又纯的实质，当这样的躯体交欢时，

根本不会在这里碰一下，或那里碰一下，

也没有勉强的欢乐，而是整体汇入了整体，

因为安琪儿的交欢是一道强烈的光焰——

那里，一刹那间仿佛消失了、燃尽了两个人。

这里，在那上面一片漆黑的气氛中，

苹果树和水杉树在一起颤抖不已，

这里，在他们死亡的周年那一天，

在他们第一次拥抱的周年那一天，

这些爱人们，在悲剧中得到了净化，

急急扑入了对方的怀中，这些眼睛

因为水滴、草药，还有孤独的祷告声声，

变得就像鹜一样，在那种光线中睁了开来。

虽然为枝头遮去了一些，那道光

为基督教的爱无足轻重》是从恨写起的，恨也成了通向神性的一条神秘的道路。
《他和她》中的她指的是摆脱了肉体的灵魂，"神圣的月亮"达到了神秘主义沟通
的高潮，《什么样的魔鼓》暗示了叶芝在前面提到的"性欲高潮"。《他们来自哪
里》把男孩、女孩与戏剧人物联在一起了，当"查理曼大帝被怀入腹中"，神圣的
戏剧就告开始，在叶芝看来是神又一次以神奇的方式出现来改变人的命运了。《人
的四个时代》写得比较明了。《会合》写的是叶芝希望在他儿女中找到的相互关
系，涉及到《幻象》中的神秘主义体系，诗虽短，却也不好懂。《一个针眼》发挥
了历史都从某一点经过的意思。《曼鲁》则把文明和历史的模式放到一起来写了。

在青青芳草上躺成了一圈，于是在其中
我打开了我神圣的书的书页。

二　利泼驳斥帕特里克

一种抽象的希腊荒诞使一个人发了疯——
想那男性的三位一体——孩子（儿子或女儿）、男人、
女人，
所有的自然和超自然故事都这样讲得分明。

自然的和超自然的戴着同样的戒指举行婚礼，
一个人、一头兽，就像一只只蜉蝣，神祇生出了神祇，
下面的东西只是复本，伟大的斯麻达汀石板说是如此。

但一切又都摹仿复本，一切把他们的种类增加，
当他们激情的烟幕为身体或头脑打湿后落下，
线卷在他们的拥抱中，那玩把戏的自然登了上来。

长满了镜子一样鳞片的蛇就是多重性，
一对对在地上、水里或空中，享受着神性却只是三人，
只要他们能像他一样爱，就能使他们自己出生前生存。

三 狂喜的利泼

你一个字也不懂又怎么样！
我总把听到的一切讲叙或歌唱，
不管句子多零乱。我的灵魂已找到幸福——
因其自身原因或理由而幸福的事物。
神性与神性在性的高潮中产生
神性，某个影子落下。我的灵魂
忘了那从寂静中出现的动情叫喊，
于是白天的走马灯必须再转上一番。

四 那里

那里所有的桶箍都已抽好，
那里所有的蛇尾都已咬掉，
那里所有的旋转汇入了一个旋转，
那里所有的行星落入了太阳中间。

五 利泼认为基督教的爱无足轻重

为什么我要寻求爱或研究爱？
这是上帝的事，超出了人的灵性所在。
我研究着恨，真是满腔热忱，

因为那是我自己就能控制的激情，
一把长扫帚，可以从灵魂里扫去
任何不是思想或感觉的东西。

为什么我恨男人、女人或事件？
那是我忌妒的灵魂送出的光线。
仇恨能够免于欺骗和恐惧，
发现不纯的东西，最后还能显示——
当所有这些事都已过去——灵魂会怎样行走，
或这些事开始前，灵魂会怎样行走。

接着我解脱的灵魂也将去学习
一种更黑的知识，把关于上帝
的每一种思想都变成了仇恨，
思想是衣服，灵魂的新娘不能
不裹身在俗丽又不值钱的东西中，
对上帝的仇恨也许会带来上帝的灵魂。

午夜的钟声时，灵魂不再忍耐
身体上或精神上的家具件件。
除非她的主人给予什么她能取去！
除非她的主人指示什么她能凝视！
除非他吩咐她认识什么她能认识！
除非他在她的血液中，她又怎么能过日子！

六 他和她

当月亮侧身挨近，
她也一定侧身挨近，
当惊慌的月亮远遁，
她也一定远遁：
"他的光芒使我看不清，
我怎么敢停？"

月亮歌唱时她也歌唱：
"我就是我，就是我；
我的光线越亮，
我的路程越长。"
听到那甜蜜的声音回响，
所有的造物都在抖颤。

七 什么样的魔鼓

他按下自己的欲望，几乎屏住了呼吸，
唯恐原始的母性放开他四肢，孩子不再休息，
在他的胸脯上吸着欢乐就像是吸着乳汁。

在那遮去了阳光的花园绿叶里传来什么样的魔鼓？

沿着四肢和胸脯，沿着闪闪发光的肚皮，感到他的嘴和有力的舌头。

什么从林子里来了？什么样的野兽在舔着它的幼仔？

八　他们来自哪里

永恒是激情，男孩或女孩，
性欲的狂喜一开始，高声嚷嚷，
"永远呵永远"然后就醒了，
不知道戏剧人物所讲的一切；
一个欲火炎炎的男人会高声唱出
他从来就没有想到过的句子；
鞭身教的教徒抽打着这些驯服的大腿，
不知道戏剧家从中所欣赏的一切。
不知道谁做成了鞭子。他们来自哪里，
那抽打着僵硬的罗马的手和鞭子？
当改变世界的查理曼大帝被怀入腹中，
她的身体扭动出了怎样神圣的戏剧？

九　人的四个时代

他与躯体进行了一场战争，
但躯体赢了，昂然前行。
接着他与心苦苦搏斗，

天真和安宁也就远走。

接着他与思想交战，
把骄傲的心留在了后面。

现在他开始与上帝对阵，
午夜的钟声响起，上帝就要得胜。

十　会合

如果朱庇特与萨顿①相遇，
什么样的埃及小麦的收成！

剑是十字架，于是他死去了。
女神在马斯的胸脯上叹息②。

十一　一个针眼

所有咆哮的河流湍急，
都出自一个小小的针眼；
未出生的事物，已消失的事物，

---

① 萨顿是希腊神话在朱庇特之前的主神。
② 维纳斯是战神马斯的妻子。

从针眼中依然向前赶路。

十二 曼鲁

文明是箍在一起了，带到了
一种统治下，靠着多种多样的幻象，
在和平的象征下。但人的生命就是思想，
于是他，尽管他的恐惧，总不能停止
在一个又一个世纪里寻找，
寻找着，怒喊着，挖掘着，希望着
也许会进入实体的凄凉中：
埃及和希腊，再见了，再见了，罗马！
在曼鲁或喜马拉雅山上的隐士，
在漫天的雪片下度过洞穴里的夜晚，
或在雪片和冬天可怕的狂风
猛刮着他们赤裸的身体的地方，知道了
白天带回了夜晚，在黎明之前
消失了他的荣誉和他的纪念碑。

旋　转

旋转！旋转！古老的石脸，向前望去；
想得太多的事呵，就再也不能去想，
因为美死于美，价值死于价值，
古老的特征已在人的手中消亡。
非理性的血流成河，染污了田地；
恩培多克勒把一切乱扔在地上①；
赫克托②死了，一道光在特洛伊映照；
我们旁观的，只是在悲剧性的欢乐中大笑。

如果麻木的梦魇骑上了头顶，
鲜血和污泥沾满了敏感的身体——
又怎么样？不要叹息，不要哀恸，
一个更伟大、更动人的时代已经消失；
为了涂过的形体和一箱箱化妆品，
我在古墓里叹息，但再也不叹了；

---

　①　恩培多克勒（公元前490—约前430年），古希腊哲学家，他认为世界是
由气、火、土和水组成的，又由"爱"与"憎"这两种相反的力量结合或拆散开
来。
　②　《荷马史诗》中特洛伊的英雄。

又怎么样？从岩洞中传出一个声音，
它知道的一切只是一个词"欢欣！"

行为和工作渐渐粗了，灵魂也粗了，
又怎么样？古老的石脸亲切地看待一切；
爱马匹和女人的人，都将被从
大理石的破碎坟墓里
或暗黑地在鸡貂和猫头鹰中
或在任何富有、漆黑的虚无中掘起，
工人、贵族和圣人，所有这些东西
又在那不时髦的旋转上旋转不已。

模仿日本人的诗

一件最令人惊讶的事——
我已经活了七十年。

(为春天的花朵欢呼,
因为春天又来到了这里。)

我已经活了七十年,
不是个衣衫褴褛的乞丐,
我已活了七十年,
七十年的成人和孩子,
但我从未因为欢乐而跳舞。

情 人 的 歌

鸟儿渴望着天空，
我不知道往哪儿渴望思想，
因为种子渴望着子宫。
此刻，相同的休憩下降，
到头脑上，到鸟窝上，
到紧张的大腿上。

女服务员的第一支歌

哪里来的这个浪荡子，
睡了，睡成稀泥一样，
陌生人和陌生人一起，
在我冰冷的胸脯上？
还有什么可以渴望？
奇特的夜晚已经到来；
上帝的爱把他藏起，
不受所有的损害，
欢乐已使他变得
像虫一样无力苍白。

女服务员的第二支歌

从欢乐的床上起身，
麻木得像一条虫，
他的竿子和冲撞的顶部，
软弱得像一条虫，
他那已逃离的精神，
盲目得像一条虫。

一亩青草

图画和书本依然留存，
一亩青草，郁郁葱葱，
给人空气，让人运动，
现在体力渐渐消失；
午夜，一座古老的房子中，
那里，只有一只耗子在动。

我的诱惑也静下来了。
在这生命尽头的地方，
既不是松松散散的幻想，
也不是头脑中的一座磨坊，
把它的破布和骨头耗个光，
能使人们不再对真理迷惘。

允许我有一个老人的疯劲，
我必须把我自己重新塑造，
让我成为李尔王或泰门①，

---

① 莎士比亚戏剧《李尔王》和《雅典的泰门》中的主人公。

或和那个威廉·布莱克①一样，

把那堵墙敲个不停，

直到真理听从他的命令。

米开朗琪罗②熟悉的一个思想——

它能穿透云层，奔向远方，

或因为一阵疯狂有了灵感，

摇动裹在尸衣中的死人；

此外就为人类所遗忘，

一个老人鹰似的思想。

---

① 布莱克（1757—1827），英国浪漫主义诗人，晚期作品充满神秘主义色
彩。

② 米开朗琪罗（1475—1564），意大利著名画家和诗人。

接 着 怎 样

他学校里的挚友全都这样想，
他一定会成为一个名人；
他也这样想，更按规则地度时光，
他从二十岁起的十年是苦干一场；
"接着怎样?"柏拉图的鬼魂唱，"接着怎样?"

他写的每篇东西都有人捧读在手，
过了若干年后，他赢得了
足够的钱，应付他的需求，
也有那证明了是真正的朋友；
"接着怎样?"柏拉图的鬼魂唱，"接着怎样?"

他所有幸福的梦想都已实现——
一幢古老的小房子，妻子、女儿、儿子，
庭园里的白菜和洋李长得满满，
诗人和名人团团围在他的身边；
"接着怎样?"柏拉图的鬼魂唱，"接着怎样?"
"工作已经完成，"老年的他想道，
"按照我青年时代的计划；

让傻瓜们去暴跳，我毫不动摇，

要把一切完美的事办到。"

但那鬼魂唱得更响："接着怎样?"

粗野而邪恶的老人

"因为我对女人有点疯，
我对山岭也有点疯。"
那个粗野而邪恶的老人说，
他可是随心所欲，到处旅行。
"不要老死在家里的稻草上，
让那些手来合拢这些眼睛，
这是我向天国中的老人
要求的一切，我亲爱的人。"

　　　　　　拂晓，还有一支蜡烛头。

"你的话都是好心，我亲爱的人，
别留起其余的话，默不做声。
谁能知道哪年，我亲爱的人，
一个老人的热血渐渐变冷？
我有着年轻人没有的东西，
因为他实在爱得太深；
我有能穿透心房的言语，
而他乱摸完了，还有什么行？"

　　　　　　拂晓，还有一支蜡烛头。

于是她对那粗野的老人说，

他把结实的手杖握得紧紧：

"爱情嘛，给还是不给，

这可不是在我的掌握中。

我把一切给了一个更老的人，

那位在天国中的老人。

那些忙着数他的念珠的手

决不能合上这双眼睛。"

    拂晓，还有一支蜡烛头。

"走你的路吧，噢走你的路吧，

我把另一个目标选准，

那些远在海滩上的姑娘，

她们才懂什么是黄昏；

老渔夫们满口下流猥亵的话，

打鱼的小伙子们舞跳个不停；

当暮色降临到了水面，

她们把他们的床铺平。"

    拂晓，还有一支蜡烛头。

"暮色中的一个年轻人是我，

但到了阳光下，一个粗野的老人，

他能使一只猫儿笑，或者能

凭着天生的智慧轻轻地

摸到那些很久、很久以来

只深藏在骨髓中的一切，

摸到那些就在多疣的①

小伙子身旁藏着的一切。"

　　　　　　　　拂晓，还有一支蜡烛头。

"所有的人都生活在痛苦中，

我懂，只有很少的人懂：

到底他们走的是向上的路，

还是滞留在下面，乐天知命？

划船者把他的船儿转向，

织布者在他的布机上俯身，

骑士笔直地坐在马背上，

或者孩子置身在子宫中。"

　　　　　　　　拂晓，还有一支蜡烛头。

"但愿一道强烈的闪电②，

来自天国中的那个老人——

能够烧掉任何有教养的人

都无法否认的痛苦酸辛。

但我是一个粗野的老人，

_____

① 在爱尔兰民间迷宫中，"多疣"意味着一个人性欲强。

② 最后一节是全诗的点睛之笔：老人并非愿意这样生活，而是痛苦的生活使他成了这样一个人。

我选了第二件最好的事情：

当我摸着一个女人的胸脯，

就把一切忘个干净。"

　　　　　拂晓，还有一支蜡烛头。

伟大的日子①

革命万岁！更多更多的炮声！

一个骑马的乞丐鞭打步行的乞丐，

革命万岁！更多更多的炮声！

乞丐们换了位置，但是鞭打依然。

---

① 叶芝的思想中有一种复古的倾向，但这首诗写于1938年，更可能指的是当时法西斯势力的猖獗。

帕 内 尔[①]

帕内尔走了下来，对一个欢呼的人说：

"爱尔兰将有她的自由，而你仍然敲石头。"

---

① 帕内尔（1846—1891），爱尔兰争取民族自治运动的政治家。

朝　圣

我斋戒了四十天，只用面包和酸奶硬撑，
因为和那些穿破布或绸缎，戴乡下围巾
或巴黎斗篷的女孩们交杯，使我昏昏沉沉，
女人到底有什么好处，虽说她们能说的仅仅
是福尔德罗尔德罗力奥。①

我走上了石头路，绕着劳替德格的圣岛②，
在所有的车站上，我都从我的骨头里祷告，
那里我找到了一个老人，虽然我祷告了一天，
那个老人在我的身边，老人却默默无言，
只是福尔德罗尔德罗力奥。

所有人都知道世上的死人是在那不通气的地方，
倘若母亲要找她的儿子，她的运气也不会怎么样，
因为炼狱的火焰已把他们的躯体吞下，
我向主发誓，我问了他们，他们能说的话

---

① 叶芝在原文中用了一些象声词，戏仿人们讲不清楚的一些语言。
② 岛名，在何处不详。

曾是福尔德罗尔德罗力奥。

在我的船上出现了一只羽毛纷乱的大黑鸟，
从头到脚伸展开来，大约足有二十英尺高，
翅膀一扇一扇地，样子煞是神气，
但我不停下来问，船夫能说的一切
只是福尔德罗尔德罗力奥。

现在我在酒店里，背在墙上靠稳，
来了破衣或绫罗，乡下围巾或巴黎斗篷，
与有学问的爱人来了，或与你能得到的男人来了，
因为我熟悉所有这帮子人，我所要说的
是福尔德罗尔德罗力奥。

桂冠诗人的一个原型

从中国到秘鲁，各种各样的王位上
坐着各种各样的皇帝，
各种各样的男男女女，
宣称他们善良而且伟大无比；
那有什么要紧——如果为了
国家的原因，这一类的说辞
竟使他们的爱人等待，

　　使他们的爱人等待？

有些人吹嘘乞丐皇帝，
又黑又白的无赖们的皇帝，
他们统治着，用强有力的手腕
使所有的人惊恐不已；
于是喝醉的或清醒的都安闲地生活，
那里无人敢反驳他们的权利，
就使他们的爱人等待，

　　使他们的爱人等待。

当社会众人向现代化的王位

欢呼，缪斯再不作声，
那些能够买到或售掉的欢呼，
那个蜡印，那个签名，
那个傻瓜们治理下的办公室，
为了这些事情，哪个正派的人
愿使他的爱人等待，

　　使他的爱人等待？

古老的石十字架

一个政治家是个日子好过的人，
他说起谎来流利得很；
一个新闻记者则编造他的谎言，
还要把你的喉咙扼紧；
因此留在家里，喝你的啤酒，
让那些邻居们去投票。
　　那个身穿胸铠的人说，
　　在一座古老的石十字架下。

因为这个时代和下个时代，
都是在壕沟中产生，
无人能分辨出一个幸福的人，
或任何路过的可怜虫；
如果愚蠢和优雅联在一起，
无人能分辨哪个是哪个。
　　那个身穿胸铠的人说，
　　在一座古老的石十字架下。

但缺少音乐感的伶人，

最容易使我怒气冲冲，

他们说：那更富有人性，

拖着脚步，抱怨而又咕哝，

不知道什么不是这个世界的材料

使一件壮丽的事情完满。

那个身穿胸铠的人说，

在一座古老的石十字架下。

这 些 意 象

要是我吩咐你离开
那洞穴一样的大脑？
在阳光下，在风中，
运动起来可就更好。

我从不吩咐你走开，
去莫斯科或去罗马。
抛弃那种苦差使吧，
去把缪斯叫到家。

去寻找这些意象，
那构成一片荒凉，
构成狮子和处女，
娼妓和孩子的意象。

到那半空中寻找
一只展翅而飞的鹰，
认出那五种东西，
它们使缪斯歌吟。

三支进行曲

一

记住这些声望赫赫的几代人，
他们留下他们的躯体让豺狼肥，
他们抛弃他们的家园让狐狸肥，
逃到遥远的国土，他们逃去藏身，
藏身在岩洞、悬崖或窟窿里，
保卫爱尔兰的灵魂。

别作声，别作声，又能说什么？
我的父亲曾唱过那支歌，
但时间纠正了古老的错误，
那已经结束的，就让它消失。

记住所有这声望赫赫的几代人，
记住那所有浴血奋战的人，
记住那所有死于断头台的人，
记住那逃遁的，那坚守的所有的人，

坚守着，面对死亡，就像
一支老铃鼓的曲子一样。

别作声，别作声，又能说什么？
我的父亲曾唱过那支歌，
但时间纠正了古老的错误，
那已经结束的，就让它消失。

失败了，那段历史就成了垃圾，
傻瓜们的负担——那伟大的过去，
后来的人们会对奥多纳尔嘲笑不已①，
嘲笑那两个奥尼尔身后的记忆，
嘲笑埃米特，嘲笑帕内尔，
嘲笑所有跌落的声誉。

别作声，别作声，又能说什么？
我的父亲曾唱过那支歌，
但时间纠正了古老的错误，
那已经结束的，就让它消失。

二

士兵们骄傲地向他们的上尉行礼，

---

① 此段诗中提到的几个人名都是爱尔兰民族自治运动中的著名人物。

信徒向他的主屈下一膝，充满虔诚，
某些人为纯种的母马撑腰，
特洛伊支持海伦，消亡了但仍受人尊敬，
伟大的国家在上面欣欣向荣，
一个奴隶向另一个奴隶鞠躬。

什么人在攀越关山？
不，不，我的儿子，还不；
那真是一个奇妙的地方，
无人知晓是谁踩在草上。

我们知道哪个无赖玷污了
他所杀害的高尚的天真，
我们不是生在农民的小屋中——
那里人们只要吃饱肚子就原谅，
更为我们过的生活担心，
那么头脑怎样能原谅别人？

什么人在攀越关山？
不，不，我的儿子，还不；
那真是一个奇妙的地方，
无人知晓是谁踩在草上。

山顶上空无一物，又怎么样？
哪里是那些统治人类的上尉？

何物击倒一棵中心空空的树，
一阵狂风，噢一阵吹来的风，
向前呵风，任何一支老曲子，
向前，向前，它是怎样前奔？

什么人在攀越关山？
不，不，我的儿子，还不；
那真是一个奇妙的地方，
无人知晓是谁踩在草上。

三

老祖父在绞刑架下高声唱：
"听着，先生、女士、所有的人：
钱好，一个姑娘也许更好，
但坚强的拳头让人来劲。"
这里，站在大车上，
他从心底里歌唱。

强盗抢走了他的老铃鼓，
但他取下了月亮
把一支曲子高唱；
强盗抢走了他的老铃鼓。

"姑娘我有过，只是她跟了另一个人，

钱我有过，夜里又消失得精光，
烈酒我有过，仅给我带来了悲伤，
但坚强的事业和拳头使人欢畅。"
所有的人都随着曲子哼：
"噢，噢，我的亲爱的人。"

强盗抢走了他的老铃鼓，
但他取下了月亮
把一支曲子高唱；
强盗抢走了他的老铃鼓。

"钱好，一个姑娘也许更好，
无论发生什么，谁遭到了失败，
但坚强的事业"——这时绳子猛一动
他再没往下唱——他的喉咙太紧了；
但他临死前踢了几脚，
那样做，准是出于骄傲。

强盗抢走了他的老铃鼓，
但他取下了月亮
把一支曲子高唱；
强盗抢走了他的老铃鼓。

长 脚 苍 蝇①

但愿文明不会沉沦，
伟大的战役要赢，
别让狗叫，把小马驹
在远远的柱子上拴紧；
我们的主人恺撒在帐里
展开了一幅幅地图，
他的眼睛一无所视，
一只手托住他的头颅。
像河流上的一只长脚苍蝇，
他的思想在寂静上运动。

但愿无顶的塔给烧掉②，
人们回想起那张脸庞，

---

① 第一节写的是恺撒正在计划他的具有历史意义的战役，因此任何吵闹的
声音都会改变文明的进程。第二节写的是童年的海伦在玩，可是她怎样成长起来
却与特洛伊和整个古代世界都有关系。最后一节，米开朗琪罗在罗马西斯汀教堂
作画，他也不能受到干扰，这样将来"豆蔻年华"的少女，就能从他的作品中获
得关于第一个男人的思想。这首诗在抒情中有着强烈的嘲讽意味。
② 参见马洛的《浮士德博士》中的两行诗："难道是这张脸使一千条船下
水/烧掉了伊利安姆的无顶的塔。"

必须的话，也请轻轻地
走进这个寂寥的地方。
她想着，孩子的味儿多于女人的
味儿，没人瞧上去这样，她的脚
练着一种偶尔在大街上
学到的补锅匠们的拖步。
像河流上的一只长脚苍蝇，
她的思想在寂静上运动。

但愿豆蔻年华的姑娘们
都能在思想中找到第一个亚当，
关上教皇大教堂的门，
把那些孩子赶得精光。
那里，脚手架上倚着
米开朗琪罗。
他的手来回移动，
声音轻得就像老鼠窸窣。
像河流上的一只长脚苍蝇，
他的思想在寂静上运动。

鬼　魂

因为在戏语中一切都太平，
我就谈论着一个鬼魂，
我无需麻烦，要让人相信，
或要显得是个有理性的人；
因为我再不信任大伙的视线，
无论那是羞怯还是勇敢。
我见过十五个鬼魂，
最糟的是一只猫在吊猫人的头上。

我从未找到什么东西，
能比得上我长久安排的孤单，
我孤单地坐着，度过半个夜晚；
或和某个朋友一起，他聪明非凡，
不让他的神色向我表明，
我什么时候说得模糊不清。
我见过十五个鬼魂，
最糟的是一只猫在吊猫人的头上。

当一个人渐渐变老，他的欢欣

日复一日地变得越来越深，
终于充实了，他那空空的心；
但也因为是夜色越来越浓，
他必须拥有全部的力量，
去揭示她的神秘和恐慌。
我见过十五个鬼魂，
最糟的是一只猫在吊猫人的头上。

为什么老人们不该发疯

为什么老人们不该疯疯癫癫?
一些人认识一个可爱的青年,
那青年曾有如此健康、灵活的手,
到头来却成了记者,一味嗜酒;
一个曾熟知但丁所有作品的姑娘
结果只是去养孩子,养在粪堆上;
一个充满了社会福利之梦的海伦,
最后爬到小货车上,嘶叫声声。
机会不给好人,却让坏人把便宜占,
一些人想,这些事其实自然,
如果丑陋是他们的邻居的形象,
仿佛在一片明亮的银幕上一样,
一个故事他们都不会找到——
关于一个完整、幸福的头脑,
一种配得上最初开始的结束。
年轻人可从来不知道这类事物,
善于观察的老人知道得清楚;
他们知道古老的书说些什么,
而能得到的不会比这更行:
就知道为什么一个老人要发疯。

政治家的假日

我住在一幢幢大房子中，

财富赶掉了头衔，

低卑的驱逐出高贵的血液，

于是头脑和身体萎蔫了。

没有奥斯卡①统治着桌子，

可我有一大帮朋友，

他们知道好一点的话儿说完了，

尽谈一些鸡毛蒜皮的事情。

某人知道世界出了什么毛病，

但从来不讲一句话；

于是我选了更好的行当，

白天和黑夜都在歌唱：

颀长的姑娘走在绿莹莹的爱弗伦岛上②。

我可是一个曾经睡在

---

① 奥斯卡·王尔德(1854—1900)，英国著名作家，曾是一些沙龙里的中心人物。
② 在英国中世纪神话传说中，阿瑟王受伤后被人送到爱弗伦岛上；人们相信有一天他会从那里重新回来统治。

那麻袋上的大法官，

一个把黄卡其军服

从他背上撕去的指挥官？

或者我就是德·弗莱勒[①]？

或者我就是希腊的皇帝？

或者是那个发明汽车的人？

呵，随便叫我什么，都没关系！

这里是一把蒙特格林的诗琴[②]，

它那古老的一根弦，

为我奏出甜美的音乐，

我唱呵唱得多么心欢：

欣长的姑娘走在绿莹莹的爱弗伦岛上。

有着男孩女孩在他的身边，

有着任何一种衣饰，

有着一顶不时髦的帽子，

有着打补丁的旧鞋子，

有着一件强盗的破披风，

有着鹰一样的眸子，

有着僵硬笔直的背，

有着神气活现的步履，

---

① 德·弗莱勒（1882— ），爱尔兰政治家，曾三次出任爱尔兰首相。
② 南斯拉夫一共和国名，靠近亚得里亚海，过去曾是一个王国，以产诗琴闻名。

有着满满的一袋钱，

有着一只拴着链条的猴子，

有着一只大公鸡的羽毛，

有着一支肮脏的老曲子，

颀长的姑娘走在绿莹莹的爱弗伦岛上。

疯简在山上

我咒那个主教，已咒得厌烦，
（疯简这样说）
九顶帽子或九册书本，
也不会使他成一个人。
我还发现一些更糟的东西，
让我细细思考。
一个皇帝有过英俊的表兄弟，
但他们都去了哪里？
在地窖里给乱棍打死，
而他稳稳地把王位坐牢。
昨夜我躺在山上，
（疯简这样说）
那里，一辆两匹马拉的
双轮车中坐着
大肚皮的爱玛，
她那性子暴烈的人
库赫兰坐在她的身旁；
见此情景，
双膝跪下，

我亲吻着一块石头，

我四肢松开躺在坚硬的土地上，

我热泪直流，哭声哀恸。

我的书本去的地方

我所学到的所有言语，
我所写出的所有言语，
必然要展翅，不倦地飞行，
决不会在飞行中停一停，
一直飞到你悲伤的心所在的地方，
在夜色中向着你歌唱，
远方，河水正在流淌，
乌云密布，或是灿烂星光。

马戏团里动物的背弃①

一

我寻找一个主题，但只是徒劳，

六个星期左右，我每天都在寻找。

也许到头来，我只是一个破碎的人，

那么，我必须满足于自己的一颗心。

虽然冬天和夏天已消失于老年，

我马戏团里的动物都曾上场表演，

那些走高跷的孩子，熠熠闪亮的马车，

---

① 叶芝这首诗回顾了自己早年的作品。"走高跷的孩子"指的是爱情诗中的情人们，"狮子和女人"是斯芬克斯，指他那些预言般的诗。但到底什么是他的诗歌的新的主题呢？他在第二节承认自己满足于列举老题目；另一方面，作品与他个人的生活有着密切的关系，因此回顾作品也就回忆了他的一生。"奥辛"是他早期一首长诗的主人公，多少有点叶芝自己的影子在内。叶芝在诗中自问当时创作的动机是什么，又引出了茅德·冈。第二节的第二段写到他对茅德·冈的爱情促成了《凯瑟琳伯爵夫人》，但创作本身"带来了一场梦"。（此节中提到的一些人、事，都和他的剧本的内容有关系）因此到头来，"占有我一切爱的是闪亮的舞台和演员"。在第三节里，叶芝再一次检查了"这些辉煌的意象"。它们无疑是存在着的，可来源又在哪里？来自"卖破烂东西的铺子似的心中"。这是一个真诚而又辛酸的解剖。

狮子和女人，上帝才知道还有什么。

二

除了列举老题目，我还能做什么？
首先是航海者奥辛，给人领着，
经过三座迷人的海岛，寓言性的梦，
虚的欢乐，虚的战役，虚的安宁，
痛苦的心的主题，或者看上去这样，
使古老的歌儿或宫廷的戏剧增添辉煌；
但愿他骑马前去，我又把什么图——
我，渴望她仙姝似的新娘的胸脯？

然后一种反真实使它的戏动人，
《凯瑟琳伯爵夫人》是我取的剧名；
她同情了，把她的灵魂放弃；
但神奇的天国插手把它救起，
我想我亲爱的人准是毁了自己的心灵，
如此奴役她的是狂热和仇恨，
但是这带来了一场梦，没多少时光，
梦的本身占有了我所有的爱和思想。
当傻瓜和盲人偷走了面包，
库赫兰奋战着海洋的咆哮；
心的神秘在那里，但说到底，

还是梦的本身把我迷得不能自已；
为一个行为孤立起来的人物，
要把记忆掌握，要把现在握住，
占有我一切爱的是闪亮的舞台和演员，
而不是他们所象征的事件。

三

这些辉煌的意象在纯洁的头脑里
变得完整，但它们又从什么开始？
一个垃圾堆或街头的破烂，
旧水壶、旧瓶子，还有一只破罐，
废铁、枯骨、破布，一个管抽屉的
疯女人。现在我的梯子已经抽去，
我必须在梯子竖起来的地方躺下身，
躺在那卖破烂东西的铺子似的心中。

政　治

> 在我们的时代，人类的命运
> 在政治术语中表达出意义。
> ——托马斯·曼[1]

我又怎能——这姑娘站在那里——
怎能把我的注意力
集中于罗马和俄国
或西班牙的政治？
但这是个到处旅游的人，
他知道他谈些什么，
而那是一个政客，
他广泛阅读，仔细想过，
也许他们说的一切——
关于战争和战争的恐惧是真，
但是，假如我能重新年轻，
能把她抱在我的怀中！

---

[1] 托马斯·曼（1871—1950），德国作家，1929 年获诺贝尔文学奖。

人 和 回 声

人

我在破碎的岩石下，那里一道裂缝，
一道名为"阿尔弗"的裂缝中，
在地坑的最深、最深层，
连明月都从没照过的地方；
我对石头喊出了一个秘密。
如今，我已经是又老又病，
我所说的和我所做的
都成了一个问题，最终，
夜复一夜，我睁着眼睛，
但从未找到正确的答案。
我的那部戏可曾
驱使一些人去杀英国人？
我的那些话可曾
太绷紧那女人脆弱的神经？
我说的话可能起了这样的作用——
因此一座房子成了一片废墟？

一切看来都是恶，我终夜不眠，
恐怕从此就要倒下，一命归阴。

回　　声

倒下，一命归阴。

人

　　　　　　那仿佛是去躲避
精神上理性的伟大工作，
但只是白白躲避呵。在一枚发针
或在疾病中，毫无解脱可以谈论，
也不可能有这样伟大的作品，
能把一个人肮脏的历史洗刷干净。
只要一个人的躯体维持得下去，
美酒或是女人使他睡得死沉，
猛醒过来，他就感谢天上的主，
因为他有躯体以及躯体的愚蠢，
但躯体消失了，他再也无法入睡，
最后他的理性渐渐肯定，
一切都安排在一个清晰的远景中，
追赶着我追赶的那个念头，
然后站停了，审判他的灵魂。

接着，所有的工作都已告终，
把一切都从理性和视线中驱散，
最后沉入黑夜之中。

回　　声

沉入黑夜之中。

人

　　　　　噢摇摆的声音，
我们将在那巨大的黑夜中欢欣？
我们又知道什么，除了我们
在这个地方面对着面？
但别说了，因为我已丧失了主题，
它的欢欣或黑夜，显得只是一场梦；
那里，从半空中或岩石中掠下，
猛地一击，一只猎鹰或是猫头鹰，
而被击中的兔子正尖叫声声，
它的尖叫使我的头脑发昏。

黑　塔

就说古老的黑塔中的那些人吧，
虽然他们吃得像牧羊人，
他们的钱光了，他们的酒酸了，
却不少一个士兵需要的物品，
他们都是信守誓言的人，
这些旗帜可不会来到其中。

坟墓里，死者站得笔直，
但风从海岸边呼啸吹来：
风声咆哮，他们就会哆嗦，
山岗上，老骨头不停地摇摆。

这些旗帜是来行贿或威胁，
或低声说一个人就是傻子，
他忘了自己真正的皇帝，
却操心什么样的皇帝统治。
如果他早就一命归阴，
那你为什么这样怕我们？
坟墓里落进了微弱的月光，

但风从海岸边呼啸吹来：
风声咆哮，他们就会哆嗦，
山岗上，老骨头不停地摇摆。

当我们硬朗的人伸直了身子睡觉，
塔里，那个只得又爬又攀的厨工
在清晨的露珠中抓着小鸟，发誓
他听到了皇帝的辉煌的号角声声；
但他是一条狗，一味撒谎；
信守誓约，站好我们的岗！

坟墓里，夜色越来越黑，
但风从海岸边呼啸吹来：
风声咆哮，他们就会哆嗦，
山岗上，老骨头不停地摇摆。

在本布尔本山下^①

一

凭着围绕马理奥提克的轻波的

那些圣人所说的一切，起誓说，

阿特勒斯的女巫确确实实知道，

讲了出来，还让一只只鸡叫。

凭着那些骑士、女人——体形和肤色

都证明了他们真是超人，起誓说，

脸色苍白、面容瘦长的伴侣，

---

① 《在本布尔本山下》是叶芝最后的杰作，叶芝总是担心他写不好最后的一首诗，但到了 1938 年的夏天，他开始动笔写这首诗。五个月后，他就去世了。

诗的第一节写了他的信念，这有两个来源：一是古老的预言传统，另一个是他和格雷戈里夫人研究过的爱尔兰民间信仰。"阿特勒斯的女巫"是雪莱的一首诗名，象征着绝对的美。"超人"指的是爱尔兰民间传说中的精灵，"空气"一词可能出自莎士比亚的《暴风雨》一剧，剧中普洛斯波罗说人不过是一阵空气。

第二节解释了这种信念的"要旨"：每一个人都要经历一系列重生的过程，挖坟的人只是把他所埋葬的"重新推进人类的思想中"。

第三节从约翰·米切尔（一个在监狱中度过了许多年的爱尔兰爱国主义者）的祷告写起，在一刹那间，人可以认识（实现）他的使命和工作，这也就是超自然信念的证明。

下面就读到了诗人和艺术家的"使命和工作"，作家必须提供人们能够相信的

191

永远、永远充满了生机的空气，

赢得了他们激情的完整；

此刻，他们疾驶在冬日的黎明，

本布尔本山是他们身后的景致。

这些，是他们想说的要旨。

二

许多次，一个人死，一个人生，

在他们那两个来世之中，

民族的来世，灵魂的来世，

古老的爱尔兰熟悉这一切，

无论人是死在他的床上，

或送他命的是一声枪响，

英勇的信念，叶芝认为艺术是从毕达哥拉斯的数论开始的，然后经过埃及和希腊的雕塑，在米开朗琪罗和意大利大师的艺术中达到了完美。费迪阿斯（公元前503—前431年）是古希腊的著名雕塑家。爱德华·卡尔弗特是十九世纪的木刻家；理查德·威尔逊是十八世纪的风景画家；威廉·布莱克是十九世纪浪漫主义诗人，作品富有神秘主义色彩；克劳德·劳兰是十七世纪法国风景画家；赛缪尔·帕尔默是十九世纪风景画家，他的一幅作品名为《孤独的塔》。在叶芝的心目中，这些艺术家继承了伟大的传统，但现代艺术是两千年历史循环的末期的产物，充满了混乱。"缺乏记忆的头和心"是说现代作家忘却了过去的传统，爱尔兰诗人只有把目光看着过去，才能赢得一个真正的未来。

最后一节写出了叶芝对爱尔兰斯莱哥乡间的感情（他的曾祖父是这里的一个教区长），他是从这片土地成长为诗人的，也要安息在这里，最后三行成了他的墓志铭。

与亲爱的人们的暂时分离
是人都恐惧的最糟的事。
虽然挖坟者的劳作悠长，
他们的铁锹锋利，肌肉强壮，
他们只是把他们埋葬的人
重新推进了人类的思想中。

三

你听到过米切尔的祷告声声：
"主呵，给我们的时代带来战争！"
你知道，当一切话儿都已说完，
而一个人正在疯狂地鏖战，
从早已瞎的眼睛里落下了什么，
他完整了他不完整的思索，
于是有一会儿站得消停，
高声大笑，心里一片宁静。
甚至最聪明的人在使命实现、
工作认识、伙伴选择之前，
也会因为某种暴力行为，
心里总是感到那么惴惴。

四

诗人和雕塑家，干你们的工作，
别让那种时髦的画家一味去躲
他的伟大的祖先曾做过的事，
把人的灵魂给上帝带去，
使他把摇篮正确地填好。

衡量开始了我们的力量，
一个典型的埃及人把形状思想，
温和的费迪阿斯做出的形状。
在西斯汀教堂的屋顶中，
米开朗琪罗留下了证明；
那里，只是一个半醒的亚当
就能够使走遍地球的女人惶惶，
最后她的内心一片激情洋溢，
证明有一个预先确定的目的，
在那秘密工作的思想之前，
人类的完美实际上平凡。

十五世纪的意大利的大师，
设计上帝和圣人的背景时，
总画着花园，那里灵魂安宁，

人们看到的一切东西，

花朵、芳草，还有无云的天空，

多像睡觉的人醒了又在梦中，

看到的那些仿佛如此的形状，

这种形状消失了，只剩下床

和床架，依然在声言

天国的门打开了。

哦旋转

一场更大的梦已经消逝，

卡尔弗特和威尔逊、布莱克和克劳德，

为信上帝的人准备了一种休息，

是帕尔默的话吧，但在那之后，

我们的思想就充满了混乱、忧愁。

五

爱尔兰诗人，学好你们的专业，

歌唱那美好地做成的一切，

轻视那种正从头到脚

都已失去了模样的奥妙，

他们缺乏记忆的头和心——

低卑的床上的低卑的产品。

歌唱农民们，然后是

策马疾驶的乡间绅士，

修士们的神圣，仿效
饮完苦啤酒的人狂笑；
歌唱那些欢乐的爵士和夫人，
那是在英勇的七个世纪中
形成的最根本的本质；
让你的头脑想着其他的日子，
这样，我们在将来依然能
成为不可征服的爱尔兰人。

六

在光秃秃的本布尔本山头下面，
叶芝躺于特拉姆克力夫墓地中间。

一个祖先曾是那里的教区长，
许多年之前，一座教堂就在近旁，
在路旁，是一个古老的十字架，
没有大理石碑，也没有套话；
在附近采来的石灰石上，
是按他的指示刻下的字样：

　　　　对生活，对死亡
　　　　投上冷冷的一眼
　　　　骑士呵，向前！

1938 年 9 月 4 日

196

译　后　记

　　这部译诗集的选题参考了英美各家编选的诗集，以及其它集子中收入的叶芝作品，而主要是从乔治·丹尼尔·波特·阿尔特与罗素·凯·阿尔斯帕赫合编的《集注版叶芝诗集》（麦克米伦版，1957）译出的。编排次序基本上按发表年代。叶芝一生诗写得多、也改得多，往往同一首诗在不同的集子有不同的面目。集注版采用的都是定稿，下面附了一些曾经用过的不同词句，对理解诗人的创作意图有一定的帮助。译诗的注解参阅了约翰·温特莱克的《威廉·勃特勒·叶芝读者指南》（伦敦，1959）。此外，译者自己也作了一些诠释发挥，供读者参考。

　　叶芝的诗一般都是押韵的，常常押得很巧妙，句式、尾韵的安排颇见匠心，在有些诗里还使用了半韵、头韵。为了体现原诗形式与内容的有机整体性，译者尽可能按原诗的韵脚模式译出。力所不逮之处，一小部分译诗的韵式稍有些变化。至于个别本来就是用自由体写成的原诗，译者当然也相对"自由"了。

　　本书翻译过程中，得到了俞光明、金佩庆、张永华同大力帮助，他们还在百忙之中校看了一部分译稿，译者向他们表示衷心的谢意。

又：过了这些年再次修订叶芝的译诗，我最初是有些犹豫的。自二十世纪八十年代末以后，我更多的时间是在用英语写作，现在再回头去修订这许多年前的中译文，会不会有力不从心的地方呢？不过，双语写作也有一个可能的好处，即在一种语言的探索中，同时会对另一种语言的感性产生、获得不同的理解、感受。或许，这是因为潜意识里，始终有着另一个语言参照物的缘故吧。怎样在一个文本中糅合两种语言的不同感性，在诗歌翻译中于是成了一种有意义的挑战。叶芝在一首诗里曾不无自我嘲讽地说，"因为我获得了力量，/让词语服从我的命令。"这毕竟是做要比说难得多的事。

这次修订中还参考了华兹华斯出版社 2008 年版的《叶芝诗选》，因为这一版本在 2000 年编选时收入了不少新的材料。

让我下决心修订这部叶芝译诗选，也要感谢我当年在"译后记"中曾感谢过的几位朋友——俞光明、金佩庆、张军华——尽管隔着这么长的时间和距离，他们的友情始终不变，对我的期望、鞭策和帮助一如昨日，让我不敢松懈下来。

裘小龙